野良犬の値段(下)

百田尚樹

幻冬舎文庫

野良犬の値段（下）

主要登場人物

佐野光一……二十四時間営業の定食屋の店員

進藤春馬……警視庁京橋署署長・警視
大久保寿一…警視庁京橋署刑事課課長・警部
二階堂恒夫…警視庁京橋署刑事課一係係長
玉岡勝………警視庁京橋署刑事課一係刑事
鈴村耕三……警視庁京橋署刑事課一係古参刑事

蓑山潤………フリーライター・『週刊文砲』契約記者
桑野宗男……『週刊文砲』編集長

三矢陽子……東光新聞社会部記者
岩井保雄……東光新聞社長
安田常正……東光新聞副社長
吹石博一……大和テレビ局員・『二時の部屋』プロデューサー

井場秀樹……『二時の部屋』構成作家
大森亮一……大和テレビ社長
沢村政男……大和テレビ副社長

松下和夫……誘拐された人（六十歳）
田中修………誘拐された人（五十八歳）
影山貞夫……誘拐された人（五十七歳）
高井田康……誘拐された人（五十四歳）
大友孝光……誘拐された人（五十三歳）
石垣勝男……誘拐された人（四十五歳）

垣内栄次郎…常日新聞社長
尻谷英雄……常日新聞副社長
高村篤………ＪＨＫ会長
篠田正輝……ＪＨＫ副会長

第二部

五月二十三日（十六日目）

「ＪＨＫは放送で返答してきましたね」

石垣勝男《いしがきかつお》は言った。ＪＨＫは高村篤《たかむらあつし》会長の声明を昨夜十九時のニュースのあと、二十一時のニュースに続いて二十三時にも流していた。

「内容は予想通りだな」

高井田康《たかいだやすし》はさらりと言った。

「ということは、また人質が一人死ぬということになりますね」

影山貞夫《かげやまさだお》が呻くように言った。

「つまり我々のうちの誰かが殺されるということやな」

大友孝光《おおともたかみつ》の言葉に、部屋にいた四人の顔が一瞬強張《こわば》った。

高井田は彼らの気持ちが痛いほどわかった。松下和夫《まつしたかずお》に続いて、二人目の人質が殺されることになるのだ。覚悟しているとはいえ、心穏やかでいられるはずがない。

「これは最初から決まっていたことだ」

高井田が静かな声で言った。全員が頷いた。

「そうは言っても、松下さんの時とは違いますから」

石垣の言葉に、男たちは下を向いた。高井田は彼らの顔を見て、松下和夫の死が皆の心に重くのしかかっていることを改めて認識した。

「松下さんは最期に言った。誰も自分を責めないでほしいと。みんなも聞いたはずだ」

石垣が声を殺して泣いた。「泣くな」と言った影山もまた涙をこぼしていた。高井田はそれを見ながら、松下和夫が息を引き取った時のことを思い出した。

松下は全員に別れの挨拶をすると、皆の見ている前で致死量のセコナールを飲んだ。そして静かに眠りにつき、やがて亡くなった。死に顔は安らかだった。生前から彼はずっとセコナールを服用していた。激痛を和らげるためだった。彼は末期の肝臓ガンで、余命はおそらく一ヵ月を切っていた。したがって、その死は安楽死とも言えた。

「俺の死体は調べれば、末期ガンとわかる。だから、それとわからないようにしてくれ」

怪訝《けげん》な顔をする皆の顔を見て、松下は言った。

「首だけを切り離して、晒《さら》せばいい」

たしかに臓器を隠せば肝臓ガンの状態はわからない。しかし血液を調べればガンに罹患していたことがわかるのではないか、という疑問があった。

「末期かどうかまではわかるまい」松下は笑った。「それに血液中に残ったセコナールの量を見て、死因はそれだと結論付けるだろう」

結果は松下の言ったとおりだった。警察は松下和夫の死因は睡眠薬の大量投与によるものと発表した。薬名は公表しなかった。

「死ねば、首が離れようとどうということはない。遺体の残りを冷凍庫に保存しておいてくれればいい。すべてが解決すれば、遺体と首がくっついて、成仏できるさ」

薬を飲む直前、松下は笑顔でそう言った。そのために大型冷凍庫を用意していたが、いざとなると、やはり躊躇《ちゅうちょ》せざるを得なかった。

高井田の目に戸惑いを見た松下は、「しっかりしろ」と励ました。

「この計画を考えたのはお前だろう。俺たちはみな、お前の計画に乗った。俺は何もできないが、ただ一つ役に立てるのが、死体となることだ」

高井田は何も言えなかった。

「深刻になるな。どのみち、俺はあと一ヵ月も持たない命なんだ。先月、腹膜播種《はしゅ》の診断を受けた。医者に言わせれば、余命は一ヵ月だ。あれから一ヵ月が経った――もうとっくに死んでいておかしくない」

松下はそう言って笑った。実際、その頃、松下はもうほとんど寝たきりだった。

「俺はむしろ愉快だ。俺の死体を見て、世間が慌てふためく。そしてお前たちの計画が成功する――俺はあの世で、それを見てるよ」

高井田を含めて全員が泣いた。

＊

高井田が松下に出会ったのは一年前だ。

その頃、高井田は生きる希望を失い、死に場所を求めて街を彷徨《さまよ》い歩いていた。コンビニで買ったウィスキーを飲み、酔った勢いで飛び降りようと、いくつものマンションやビルに入った。何度か屋上の柵を越えるまではしたが、飛び降りることも、手を柵から離すこともできなかった。

その後はホテルを転々としていたが、ある夜、泥酔して公園で野宿したのをきっかけにホームレスのような生活になった。時折、コンビニでおにぎりやパンを買って食べたが、食欲はまるでなかった。味もほとんど感じず、ただ口を動かしているだけだった。一日何も食べない日もあった。身体が日に日に衰弱していくのを感じたが、それでいいと思った。このまま野たれ死にできたら、むしろ嬉しい。

いつしか服は薄汚れ、ひげも髪も伸び放題になっていた。ある日、蒲田駅近くの河川敷を歩いている時、急に目の前が真っ暗になって、地面にうずくまった。そしてそのまま気を失った。

意識を取り戻したのは、ホームレスの小屋の中だった。小屋と言っても二畳ほどのスペースをベニヤ板で覆っただけのもので天井の高さも一メートル半ほどしかなかった。

「お前、何も食べてなかったのと違うか」

初老のホームレスが顔を覗き込みながら言った。

高井田は寝たまま頷いた。

「今、お粥《かゆ》を作っているからな。それを食べれば少しは元気になる」

高井田はぼんやりした頭で、この小屋のどこに調理器具があるんだろうと思った。

しばらくしてホームレスが温かい粥が入ったどんぶりを持ってきた。粥の中には半熟の卵も入っていた。高井田は彼に身体を起こされ、粥をすすった。美味《うま》い、と思った。ものの味を感じたのは久しぶりだった。

「慌てて食うな」ホームレスは言った。「すきっ腹でがっつくのはよくない。ゆっくり食え」

高井田は彼の言葉に従ってゆっくりと食べた。胃に入ったお粥が全身に染み渡るのを感じた。初老のホームレスはそんな高井田を見て微笑んだ。

高井田は彼の優しさに驚いたが、実はそれ以上に、あることに感銘を受けていた。それはジャケットの内ポケットに入れていた封筒には指一本触れられていなかったことだ。封筒の中には三百万円近い現金が入っていた。死ぬ前に好きなことをして使おうと銀行で下ろした金だったが、結局、ほとんど使わないままだった。よこしまな人間なら、行き倒れた自分のポケットを真っ先に探ったはずだ。しかしこのホームレスはただ自分を担いで小屋まで運び、お粥まで作ってくれた。高井田はこの半年で初めて人の情に触れた気がした。そのホームレスが松下和夫だった。

その夜、高井田は松下の小屋で寝た。汚れた布団だったが少しも気にならなかった。それどころか、この半年間で初めて酒なしで眠ることができた。

翌日、松下が東光《とうこう》新聞を持ってきてくれた。

「朝刊だ。今、駅で拾ってきたばかりのほやほやだ」

高井田は何気なく朝刊に目を通した。紙面を開いていくと、「ホームレス」という文字が目に入った。社会面にあったその記事は、東京でホームレスがどんどん追いやられているというものだった。記事は、ホームレスを切り捨てる行政を鋭く叩き、ホームレスに温かい目を注ぐことができなければ豊かな社会を築けないという結びになっていた。

記事を読んだ高井田は、その偽善に満ちた論調に気分が悪くなってきた。遅れて、怒りの感情がやってきた。

東光新聞には恨みがあった。高井田の店の料理を食べた子供が食中毒で死んだという記事を大きく書いたのは東光新聞だったからだ。店は営業停止になり、さらに保健所の検査により、店の冷凍庫にあった肉からＯ１５７が出た。これも続報で記事にされた。しかし店で出す肉はすべて完全に火を通しており、Ｏ１５７による中毒は考えられなかった。

店は祖父の代からやっていた小さな洋食屋だったが、二十年前に父の跡を継いだ高井田が多額のローンを組んで両隣の店を買い、大改装して大きな店にした。この賭けは当たり、店は繁盛した。十年前に二店舗目を出し、一年前に三店舗目を出した直後に起こった事故だった。食中毒で亡くなった子供の両親がテレビに出て、泣きながら訴えたことにより、高井田は連日、ワイドショーなどで殺人鬼のような扱いを受けた。

食中毒の原因を徹底して調べ、被害者家族には誠意をもってあたると言ったにもかかわらず、高井田はメディアに追いかけまわされた。ある日、明け方に帰宅した高井田に、大和《やまと》テレビのリポーターがマイクを突きつけた。

「一言、聞かせてください」

丸四十八時間寝ていなかった高井田は、「ちょっとくらい寝かせてくれよ」と思わず小さな声で呟いた。しかしテレビカメラのマイクはその言葉を拾った。

翌日、同局のあらゆるワイドショーでその時の映像が流れ、高井田は袋叩きにされた。音声は拡大され、しかも字幕付きで放送された。それが決定打となり、本店以外の二つの店からも客は消えた。

最初の新聞報道から約二週間後、子供の死因は別にあることがわかった。O157による食中毒ではなく、アレルゲンを含む食品を食べたことによるアナフィラキシーショックだったことが判明したのだ。乳製品アレルギーの子供に、祖母が家でうっかりチーズ入りのチヂミを与えていたのだった。

ところがその新事実に対するメディアの扱いは小さかった。同じ頃、新宿で通り魔四人殺傷事件が起こり、すべての記事やニュースはそれ一色となり、子供の死因の事実は小さく報じられただけだった。メディアにとって、高井田の店の事件はもう古い話で、取り上げる価値がなかったのだ。高井田と彼の店の名誉回復をしてくれたメディアはどこにもなかった。あれほどワイドショーなどで高井田を叩いた大和テレビも申し訳程度にコメントしただけだった。

高井田に残されたのは、完全に失墜した店の信用と、多額の借金だった。まもなく妻が病で倒れて亡くなり、三つとも店は潰れた。借金を返すために祖父伝来の本店を土地ごと手放したが、それだけでは足りず、残りは妻の生命保険金から払った。

ホームレスへの偽善に満ちた東光新聞の記事を読んだ高井田の胸に、その時の怒りが湧き起こった。このままでは死ねないと思った。どうせもう自分には失うものは何もない。ならば、東光新聞と大和テレビ、それにメディアに一泡吹かせてやりたい。そのためなら、たとえ罪を犯しても構わない。

その日から、高井田は松下の小屋でひたすら計画を練った。

メディアの連中の偽善を暴き、同時に彼らに痛撃を食らわせてやる。来る日も来る日もその方法を考えたが、何をどうやればいいのか具体的な案がなかなか浮かばなかった。

ところがある日、松下が何気なく漏らした一言がヒントになった。

「俺たちは社会で一番無用な人間なんだ」

その言葉を聞いた瞬間、心に電光のようにアイデアが閃いた。それは自分自身を人質にして、メディアに身代金を要求するというものだった。

社会で一番無用な人間、最も不要な人間――その存在の意味をメディアに突き付けてやろうと考えたのだ。そして彼らの偽善の仮面を剝《は》いでやるのだ。

高井田は仲間探しに取り掛かった。

仲間とは自分とともに人質になるホームレスの男たちだ。犯行を実行に移した時は、警察は必ず人質の足取りを追う。その時にホームレスと接触していた人物が自分と特定されないように、ヒゲを伸ばし、かつらをつけて行動した。

高井田が仲間を選ぶ基準は、高い知性と強い意志を持っているかどうかだった。これはと思う人間に近づき、世間話から入って、その人となりを探った。しかしなかなか条件にかなう人物には出会わなかった。この時初めて、強い意志を持った人間は、ホームレスにはならないということを知った。

松下を仲間に加えることは考えなかった。五十九歳という年齢のこともあったが、それよりも人のいい彼を犯罪に関わらせたくなかったからだ。松下がホームレス仲間から「仏の松下さん」と呼ばれていることも後に知った。しかし彼の顔には深い悲しみが刻まれていることに高井田は気付いていた。おそらく過去に心に深い傷を負ったのだろうと思った。しかし松下は自分の過去をまったく語らなかった。

高井田は松下の小屋を根城にしながら、ホームレスの生活拠点をいくつも回った。戸山公園、代々木公園、新宿のガード下、荒川の河川敷――いろいろなところを実際に歩き回って、東京にこんなにもホームレスがいることにあらためて驚いた。世界最高の都市の裏側を見たような気がした。

以前は、ホームレスを自分とは別世界に住んでいる異人種のように思っていたが、話してみると、自分とは何も変わらないとわかった。それに前歴が普通のサラリーマンだった男も少なくなかった。中には有名企業に勤めていた人もいた。皆、ちょっとした不運や不幸が重なり、ホームレスに落ちたのだ。つまり誰だって一歩間違えば、ホームレスになりうるということだ。ただ、高井田の目には、ホームレスはいろんな意味で弱さを持っているように見えた。ホームレスのほとんどが男だったのも、そのせいかもしれないと思った。男は弱い生き物なのだ——。

一ヵ月ほど経った頃、山谷のドヤ街で興味深い男に出会った。それが元タクシー運転手の影山貞夫だった。

影山はホームレスには珍しく目に怒りを湛《たた》えている男だった。その理由は彼としばらく共に過ごすうちにわかった。影山は痴漢で会社をクビになり、再就職も上手《うま》くいかず、六年前にホームレスになっていた。ハローワークに通っている時、マンションのローンを払うために街の金融業者に手を出し、結局、それが雪だるま式に膨れ上がった。最終的にマンションを手放すことになったが、手元には何も残らなかったばかりか、尚、借金が残った。やがて夫婦仲も悪くなり、妻は子供を連れて家を出ていった。

「信じてもらえないかもしれないが、あれは冤罪《えんざい》だった」

影山はそう言った。高井田はその言葉を信じた。彼の目の中の激しい怒りに真実味を見て取ったからだ。

「弁護士からは示談にしたらどうかと言われたんだが、俺は絶対にやっていないから示談は嫌だった。しかし裁判になれば、会社はクビになるかもしれないと言われ、仕方なく示談に応じようとした。ところが、事件が東光新聞に載ったんだ。あの時の見出しは今でも忘れられない。『タクシー運転手、女子高生に痴漢』だ。もうそうなると、示談はできない。裁判で潔白を証明するしかない」

影山の口から東光新聞の名前が出たので驚いた。

「会社からも示談にするように言われたが、俺はそれを拒否して裁判になった。ところが、何の証拠もないのに、有罪になったんだ。もちろん控訴したよ。控訴審の間に俺の弁護士がその女子高生が半年間に三度も痴漢に遭い、示談にしていることを突き止めた。半年間に三度も痴漢で示談なんて考えられるか。要するに痴漢でっちあげの常習だったわけだ。弁護士はこれで勝てると言った。俺もそう思ったよ。ところが、高裁の裁判官は、その証拠をまったく取り上げなかった。日本の裁判というのは、過去なんて考慮しないんだ。その事件だけしか見ない。被害者がどれだけ怪しげな女であっても、関係ないんだ」

影山は悔しそうに言った。

「結局、刑は確定した。懲役三ヵ月だ。執行猶予はついたが、一生消えない汚点が残った。会社も解雇された。九年前のことだ」

「復讐してみたいと思うことはあるか」

「そりゃ、あるさ。あの女は許せない」

高井田は頷いた。

「今でもたまに夢に見る。高裁で判決が出た後だ。法廷から廊下に出ると、あの女が女友達とハイタッチしてやがった。妻と子供が泣きながら俺のところにやってきた。俺だって泣いた。その時、笑い声が聞こえた。見ると、あの女が仲間と一緒にこっちを指さして笑っていたんだ」

「その女は今、どこで何をしている？」

高井田の問いに影山は力なく首を振った。

「どこにいるかもわからない。もう九年も前のことだ」

「名前は憶えているか。学校名は」

「忘れようとしても忘れられない」

「探偵を使って、捜してみよう」

影山は驚いた顔で高井田を見た。

「大丈夫だ。それくらいの金はある」

「なぜ、俺に、そこまで」

「俺の趣味だ」高井田は言った。「しかしあんたが乗り気じゃないならやめておこう」

影山はじっと高井田の顔を見ていたが、「お願いしたい」と頭を下げた。


翌週、高井田はヒゲを剃り髪を整えて、新しいスーツを買って新宿の探偵事務所を訪れ、女の消息を探ってくれと依頼した。

見つかる可能性は半々かなと思っていたが、探偵は一週間で見つけてきた。驚いたことに、女は大学を出て、丸の内に本社がある商社に勤めていた。誰もが知っている一流企業の社員におさまっていることも意外だったが、偏差値の高い名門私立大学を卒業していることに驚いた。一人暮らしをしている現在の住所もわかった。

高井田が謝礼を支払って、帰ろうとした時、探偵はソファに座ったまま言った。

「探偵には守秘義務があるが、警察沙汰の事件の場合はその限りじゃない」

「どういう意味だ」

「深い意味はない。守秘義務にも価格のランクがあるということだよ」

「報酬は約束通り払うが、それ以外は払えない」

探偵はにやにやと笑みを浮かべた。

「後々厄介なことになっても知らんよ」

高井田はため息をついた。「わかったよ」

探偵は笑った。

高井田はポケットから金が入った封筒を取り出して机の上に置いた。探偵は封筒を手に取ると、中を覗き込んだ。高井田は大理石の灰皿を摑むと、探偵の顎に叩き込んだ。骨が折れる鈍い音がして、探偵はソファにへたり込んだ。半ば意識を失っている探偵の胸ぐらを摑んで揺さぶると、意識を取り戻した。だらりと開いた口からは血がこぼれていた。

「よく聞け」高井田は言った。「誰かに余計なことを話したら、命はないぞ」

探偵は恐怖に歪んだ顔で何度も頷いた。はい、はい、と言おうとしたのだろうが、顎が割れていたため、ふぁい、ふぁい、としか聞こえなかった。しかしこれではまだ足りないと思った。このゴキブリ野郎にはたっぷりと恐怖をしみこませる必要がある。

高井田は探偵の右手を摑むと、テーブルの上に置き、そこに灰皿を振り下ろした。指の骨が何本か折れる音と同時に、探偵が「ぎゃあ」と悲鳴を上げた。

高井田は封筒と灰皿をジャケットのポケットにしまうと、泣いている探偵を放置して、事務所を後にした。

人を殴ったのは生まれて初めてだった。自分の中にこれほどの凶暴性が潜んでいたのを知って驚いた。同時に、一線を越えたと思った。もう後戻りはできない。

探偵事務所には偽名で依頼していたので、警察が自分に辿り着くのは容易ではないはずだ。あの探偵は警察には届けないはずだと思ったが、確信はなかった。もし届けたなら、自分の運もそこまでだと思った。

通りを出た時、急に愉快な気持ちになった。自然に笑みがこぼれ、笑い声が出た。その時、笑ったのは一年ぶりだということに気付いた。

　女の現在の情報を影山に伝えると、彼は怒りに震えた。

「俺の人生を粉々にしておいて、自分は一流大学を出て、一流商社に勤めているだと」

「復讐するか」

「当たり前だ。あの女が小遣い稼ぎでやったのか、それとも単なるゲーム感覚でやったのかは知らないが、人の人生を無茶苦茶にしたんだ。その報いを受けるのは当然だ」

　それから約二ヵ月間、影山と高井田は女の行動を見張って、行動パターンを把握した。

二人とも時間だけはたっぷりとあった。女は四谷三丁目駅から徒歩で五分のマンションに暮らしていた。恋人がいて、週末はほとんどその男と一緒だったが、水曜日は残業で必ず深夜にひとりで帰宅するということがわかった。

　ある水曜日、二人は深夜に帰宅する彼女を攫《さら》った。方法は単純で、高井田のワンボックスカーを彼女の自宅マンション近くの道路脇に停め、その横を彼女が通りかかった瞬間に、スライド式のドアを開けて中に引きずり込むというものだった。車には偽造のナンバープレートを付けていた。

空き地でマネキン相手に何度もリハーサルしていたお陰で、本番でも数秒のうちにやってのけた。女を車内に引きずり込むと同時に「声を出せば殺す」と言ってナイフを突きつけると、おとなしくなった。口にハンカチを詰め、その上から顔をタオルで覆い、両手両足をテープで縛った。それから車を走らせて、あらかじめ目を付けていた駐車場に車を入れると、二人は仕事にとりかかった。

まず女のスマートフォンを取り上げた。指紋認証だったので、女の指を押し付けると簡単に開いた。中にあるデータを調べると、はたして彼女自身のあられもない写真と動画があった。そこには恋人以外の男と全裸で絡んでいるものもあった。

高井田はそれを見つけてホッとした。実は女を裸にして写真を撮る計画だったのだが、しないで済んだからだ。高井田は女のスマートフォンに登録してあるすべてのアドレスに、それらの写真と動画を一斉配信した。

それを終えると、再び女のマンションの近くに車を戻した。

高井田は女に向かってゆっくりと噛みしめるように言った。

「今夜のことを、警察に訴えても、俺たちはせいぜい半年で出てくる。その時は、あんたを一生つけ狙う。今度は、こんな程度では済まない。生涯後悔することになるだろう。

俺の言うことが理解できたら、頷け」

　女は顔をタオルで覆われたまま何度も首を縦に振った。

「その代わり、警察に言わなければ、俺たちもあんたのことは全部忘れる」

　女はまた何度も頷いた。

　高井田は女を降ろすと、車を出した。


「気が済んだよ。九年の胸のつかえが下りたようだ」

　影山は吹っ切れたように言った。

「良心は痛まないか」

「少しも痛まない」影山はきっぱりと答えた。「あの女に人生を壊された男は、おそらく俺だけじゃないはずだ」

「それで、あの程度の復讐でいいのか」

　高井田の問いに、影山は少し考えて言った。

「いい。あれ以上やる気はない。むしろあの女を裸に剝《む》いたりしないでよかった」

　高井田は頷いた。

「あの女はもう、しばらく誰にも会えないだろう」影山は言った。「会社にも行けないし、恋人にも捨てられるだろう。なぜ自分はこんな目に遭ったのだろうと考えるはずだ。もしかしたら、九年前に自分が罪を擦《なす》り付けた男だと気付くかもしれない」

「その時はどうする？」

「いいさ」影山はあっさり言った。「その時は潔く捕まるさ。実刑になったところで重い罪にはならない」

高井田は女がもし警察に通報し、警察の捜査の手が影山に伸びれば、今後の計画は中止にするつもりだった。しかし、女はおそらく警察には言わないだろうと踏んでいた。

「これで完全に終わったか」

高井田は訊いた。影山はしばらく考えていたが、やがて口を開いた。

「正直に言えば――まだだ」

「他にも復讐したい相手がいるのか」

影山は頷いた。

「その相手は誰だ？」

「東光新聞だ」

高井田はその言葉を待っていた。

その夜、高井田は計画を影山に話した。影山はすべて聞き終えると、「やろう」と言った。

＊

影山は高井田に一人の男を紹介した。その男は名前を石垣勝男といい、ホームレスにしては若かった。年齢を聞けば四十四歳ということだった。最初はその若さでなぜホームレスに？　と思ったが、事情を聞くと、納得できた。

石垣が大学院を修了した年は就職氷河期の真っ最中だった。そのため、希望の会社には入れず、仕方なく派遣会社に登録した。

「ぼくは院でコンピューターを学び、システムエンジニアになりました。派遣も最初は就職先が見つかるまでの一時的なものだと思っていました」石垣は語った。「しかし日本のちゃんとした会社というのは、ほとんど新卒しか採らないんですね。結局、ずるずると三十歳近くまで派遣を続けていました」

高井田は頷いた。

「さすがに三十歳手前でやばいと気付いて、どんなところでもいいから正社員になりたいと思って、中途採用者を募集している会社に片っ端から履歴書を送りましたが、ほとんど返事なしです。たまに面接まで漕ぎつけても、ずっと派遣社員をしていたというのは、何のキャリアにもならないんですよね。たしかに派遣社員って、仕事はいつも同じだし、それに短いところで半年、長くても二年くらいで契約終了です。仕事のキャリアどころか、人間関係も築けない」

石垣はそう言って自嘲的に笑った。

「派遣って結局、企業が儲かるだけなんですよ。必要な時に採って、要らなくなったらポイ。福利厚生費も余計な手当も要らないから、こんなに楽なものはないですよね。派遣の規制緩和で得したのは企業だけで、労働者で誰ひとり得をした者はいません。安い派遣がいるから、会社は正社員の給料も抑えられるし、いいことずくめです。ぼくは今のデフレを作ったのは派遣制度じゃないかと思ってるくらいです」

高井田と影山は頷いた。

「派遣先の企業も最初はいいことを言うんですよ。優秀な派遣社員は正社員への道があるとかね。そんなこと言われたら頑張るじゃないですか。でも、正社員で雇ってくれるところはどこもなかった。で、気付けば三十代半ばです。このままいけば一生派遣社員で終わるかもと思っていたら、今度はその派遣の仕事もなくなってきたんです。派遣を受け入れる会社も若い方がよくて、四十歳前の男を受け入れてくれるところは少なくなったんです。若い頃は重宝されたコンピューターのシステムエンジニアでしたが、四十歳手前でもうそんな仕事はお呼びがかからなくなりました。コンピューターの世界もどんどん新しくなりますしね。派遣先の数もだんだん減っていきました。それで、これは駄目だと思って、必死に就職活動を始めて、あるプロダクションに入ることができました」

「プロダクションというと、芸能関係？」

「いえ、テレビ番組の制作プロダクションです。たまたまぼくのコンピューター技術が欲しかったようです。社員は八人くらいの小さなところでした。でも、正社員になれて嬉しかった。人情味のある社長で、仕事も手取り足取り教えてもらいました。仕事仲間もいい連中ばかりで、生まれて初めて職場ってこんなに楽しいところだったのかと思いました。給料は安かったけど、そこにいた三年間は夢のようでした。でも——ある時、うちの会社の作ったVTRにやらせがあったと問題になったんです。新聞にも書かれて大問題になりました」

高井田は、また新聞か、と思った。

「たしかにやらせはありました。でもそれは局のプロデューサーの命令だったんです。それなのに局は、そんなことを言った覚えはないと開き直って、一方的に切られました。その仕事はうちにとって大きな仕事で、そのために新しい機材を何千万円も借金して買っていました。人も増やしていました。それだけでも大損害ですが、新聞などにも書かれたことによって、それ以外の局の仕事も全部契約が打ち切られました。結局、倒産です。社長は首を吊りました。いい人でした。あの悲しみと衝撃は忘れられません」

高井田は黙って聞いていた。

「ぼくはもう一度派遣に戻りましたが、四十歳を超えたら仕事なんかほとんどないんですよ。あっても日雇い派遣です。イベントの会場設営とか、道路工事の交通誘導員とかね。サンドイッチマンもやりましたよ。体の前後に看板を下げて立ってるだけの仕事です。そんなもん人間でなくてもいいだろうと思うんですが、人形だと道路に立たせておくのは道交法とかいろいろ問題があるらしくて。それに人形は動かすのは大変ですが、人間なら、あっちへ行けこっちへ行けと言うだけで動きますからね。そんな便利なロボットないでしょ」

石垣は自虐的な笑みを浮かべたが、高井田は笑えなかった。

「一昨年、お袋が亡くなって、葬式を出したんですが、ホッとしたところもあるんです。お袋は長いこと病気を患っていて、その入院費用やら治療費で、ずっとお金を送り続けていたんで。高校時代に親父を亡くしてから頑張ってぼくを大学まで出してくれたお袋に、少しでも恩返しをしたいと思ってやってきました。でも、気が付けば、四十四歳で独身で、金も仕事もない身です。どうしてこうなってしまったのかと思いますよ」

高井田は話を聞きながら、ここにも社会のはざまに落ち込んでしまった男がいるなと思った。

「去年、住んでいたアパートの家主がそこを壊してビルを建てるとかいうんで、わずかな金で追い出されました。でも、四十超えて定職がない男が新しくアパートを見つけようと思っても、なかなかないんですよね。家主が嫌がるんです。それでネットカフェに寝泊まりするようになりました。でも、だんだんと金が少なくなってきて、ある時、公園のベンチで寝てみたら、これでもいけるなと思って。だって公園のベンチで寝るだけで、千円以上のお金が浮くんですからね」

石垣の身の上話をすべて聞いた後、高井田は言った。

「石垣君は誰に対して一番腹を立てている？」

「うーん、誰でしょうね。派遣みたいなくだらない制度を作った政府かな」

「もし、自分の人生をやり直せるとしたら、いつに戻りたい」

石垣はしばらく考えてから言った。

「どの時代に戻っても、多分やり直せないと思います。自分の力ではどうにもならなかったことばかりですから。選択の余地はなかった。でも――」

そこでいったん言葉を切った。

「人生で一番楽しかったのはプロダクションでした。同時に一番悲しい思い出ですね。あの時、局が助けてくれていたら、社長は死ななかったし、今も自分は元気で働いていたでしょうね」

「社長の仇を取ってやりたいとは思わないか」

「仇討ちですか」石垣は笑った。「江戸時代なら主君の仇を討つところですよね」

「石垣君」高井田は彼の目を見つめた。「私は冗談で言ってるんじゃない。本気で仇を討ちたいかと訊いてるんだ」

影山が隣で真剣な表情で頷いた。二人の表情を見て、石垣も笑うのをやめた。そして言った。

「仇を討ちたいですよ。社長の仇もそうですが、ぼくの人生の仇も討ちたいです」


石垣と出会った数日後、高井田は多摩川の河川敷で、数人のホームレスが集まっているのを見た。近くに行くと、ひとりの男が三人を相手に将棋を指していて、それを何人かのホームレスが観戦していた。将棋盤もベニヤ板に線を引いただけの粗末なもので、駒も見るからに安物だった。高井田自身、若い頃に将棋に凝ったことがあり、興味深く見ていると、三人を相手にしている男はなかなかの指し手ということがわかった。

「あの人、結構、強いね」

高井田が隣で観戦していたひとりに訊くと、「師範だからな」と笑った。「師範」と呼ばれた男は白髪頭で独特の風格があった。年のころは五十を過ぎたくらいに見えた。

まもなく勝負はついた。三局とも「師範」と呼ばれる男の勝ちだった。その男は三局を初めから並べると、それぞれの局を復元して、悪手を指摘すると同時に、どう指せばよかったのかも説明した。どうやら指導対局だったらしい。それが終わると、負けた者たちは「師範」に百円を渡した。

男たちが解散し、「師範」も近くに置いてあったベンチに移動すると、ごろりと体を横たえた。

高井田は彼に近づいて声をかけた。

「将棋がお強いですね」

男は薄目を開けて、高井田を見た。

「指してほしかったら、一局百円だ」

「お願いします」

男は体を起こすと、脇に置いていたリュックサックから将棋盤と駒を取り出した。

「どれくらいの腕や」

「若い時は初段格で指していました」

「ほんなら、飛車を落とすか」

高井田は驚いた。飛車落ちは五段差なので、男の腕前は六段ということになる。六段と言えば県代表クラスだ。ホームレスにそんな指し手がいるとは思えなかった。

　しかし勝負が始まると、男の実力が本物だということがわかった。優勢だったのは序盤だけで中盤以降はまったく互角になり、終盤はじりじりと圧迫され、ほとんど一方的に敗れた。五段差どころではなかった。

「感想戦をやるか」

　男は顔を上げた。高井田は「お願いします」と頭を下げた。

　男は盤を戻すと、高井田の悪手を指摘し、どう指せばよかったかと丁寧に説明してくれた。指導が終わって、高井田が百円を渡すと、男は無造作にポケットに入れた。

「ものすごく強いですね」

　高井田の言葉に、男は「たいしたことない」と答えた。

「そんなに強ければ、大会に出てもいいところにいけるでしょう」

「アマチュアの大会なんか出ても金にならん」

「どうしてホームレスになったんですか」

　高井田の単刀直入の質問に、男は自嘲気味な笑みを浮かべた。

「わしは昔、大阪で真剣師をやっとったんや」

「賭け将棋ですね」

「真剣いうのはおもろいで。大金がかかればかかるほどおもろい」

「何が面白いのですか」

「負けたら首を括《くく》らんとあかん勝負になると、平常心では指されへん。そうなったら将棋の技術を超えた心理戦になるんや。手を読むのも大事やが、それよりも相手の心を読むんや」

高井田はあらためて目の前の初老の男を見た。痩せてくたびれた男だったが、眼光だけは鋭かった。

「それが、でかい勝負でポカやってもうてな。やくざから借りた金を返せんようになって、こっちに逃げてきたんやが、気ぃ付いたら、宿無しになっとったわ」

男はそう言って呵々《かか》と笑った。

その時、高井田は、男が左手だけで駒を片付けていることに気付いた。そう言えば、将棋を指している時も、右手はだらりとさせたままだった。

「右手が悪いんですか」

「これか」男は自分の右手を見た。「関節が壊れていて、腕がうまく曲がらへんのや」

「怪我ですか」

「ホームレス狩りに遭《お》うた時、骨を折られてな」

「えっ」

「ずっと相模川の河川敷に住んどったんやが、誰もいないところで寝ているとやられるんで、都会に引っ越してきたんや」

男は何でもないことのように言った。

「ホームレス狩りはよくあることなんですか」

「しょっちゅうや。ほんまにろくでもないガキが増えたもんや」

「そうなんですか」

「けど、都会かて油断は禁物や」男は言った。「この前、裏通りで寝とった奴がいきなり腹を思い切り蹴られて、肝臓を破られた。そんなことがようあるで。死なん限り、いちいち記事にはならへんけどな。お前も気ぃ付けや」

高井田はあらためて路上生活の危険さを知った。ホームレス襲撃事件はたまにニュースになるが、言われてみれば、たいてい死亡事故だ。つまり死に至らない事件は、その何十倍もあるとみていいということだ。

「じゃあ、あなたの場合も記事にはならなかったんですね」

「わしの場合は記事になった。ちゅうのも、もう一人の仲間が殺されたからな。十人くらいで襲われた。わしは怪我で済んだが、下山《しもやま》の奴は——そいつは下山という男なんやが、運が悪かった」

男は悔しそうな顔をした。

「実はその前から何度もやられてたんや。石を投げられたり、テントを壊されたり、それで警察に何度か相談に行ったんや。そやけど、警察は、ただのいたずらやろうと、まともに取り合わへん。しゃあないんで、わしらは自衛した。そしたら、ある日、金属バットやら鉄パイプを持って襲ってきやがった」

「犯人は捕まったんですか」

「捕まった。さすがに殺人事件やから警察も動いたわ。犯人は全員が高校生やった。しかし呆れたことに、事件は傷害致死と傷害や。わしは殺人と殺人未遂やと思うが、警察の見方はそうやなかった。首謀者の一人だけが少年院行きになったが、他の連中は不起訴やら起訴猶予で無罪放免や」

高井田は驚いた。人を殺しておいて、そんな軽い処罰なんてあるのだろうか。しかし考えてみれば十分にあり得る気がした。世の中は少年犯罪に甘い。少年は更生の可能性があるということで、大人の犯罪よりもかなり寛大に扱われる。まして被害者は身寄りもないホームレスだ。社会的にも価値がない存在だと思われている。将来性のある少年を大事にしたいという見えない力学が働いたのかもしれない。しかし、と高井田は思った。年老いたホームレスを集団で暴行するような少年たちに更生の可能性なんてあるのだろうか。

「まあ、警察も野良犬を殺したくらいにしか思ってないんやないか」

男はそう言って笑ったが、その目は笑っていなかった。むしろ悔しさを必死に抑えている目だった。

「わしらホームレスは人間と思われてないんや」男は寂しそうに言った。「世の中で一番いらないもんなのかもしれん」

その夜、高井田は蒲田のネットカフェで、男が言っていた事件を検索した。ホームレス襲撃事件は思っていた以上に多く、探すのに手間取ったが、やがて該当するものを見つけた。

事件は六年前に起こったものだった。神奈川県厚木市内に住む私立高校生八人が深夜に相模川の河川敷に寝ていた二人のホームレスを襲い、一人を死に至らしめ、もう一人に重傷を負わせた事件だった。亡くなったホームレスの名前は下山敏夫《としお》、重傷を負ったホームレスは大友孝光とあった。

ネット上には多くの非難が書き込まれていた。多くのネット民が、犯人の少年たちの非道な行ないと軽すぎる処罰に対して怒り、様々な情報を載せていた。犯人全員の名前と住所や顔写真も晒されていた。識者と呼ばれる文化人や学者たちの多くは、こうした行為を「卑劣だ」と非難していたが、高井田はその非難にこそ疑問を感じた。

卑劣なのはホームレスを殺した少年たちではないか。ネットで実名や顔を晒すという行為は一見、ネットリンチのように思えるかもしれない。しかし、ここには人々の正当な怒りがある。もし「正義」というものがあるなら、この怒りこそ「正義」ではないか。

司法が犯罪者に対してどんどん甘くなっている現実は高井田も感じていた。人権派を標榜《ひょうぼう》する人たちの活動によって、犯罪者たちの人権がどんどん拡大している。しかしその一方で、殺された人間やホームレスのような人間の人権は無視されている。

ネット上のある情報が高井田の目に留まった。それは加害少年の一人の父親が常日《じょうにち》新聞の重役ではないかというものだった。5ちゃんねるでは、それを肯定する真偽不明の書き込みがいくつもあったが、決定的な証拠とは言えなかった。しかし、尻谷《しりたに》という珍しい苗字、それにその少年のツイッターのプロフィール紹介文に「父は新聞社に勤めている」という文章があったことで、この情報はかなり信憑性《しんぴょうせい》が高いと思えた。

翌日、高井田は再び河川敷に行き、昨日の男を探した。

男はこの間のベンチに座っていた。

「大友さん」

高井田が声をかけると、男は振り向いた。

「なんでわしの名前を？」

「ネットで調べました」

大友は一瞬怪訝な顔をしたが、すぐに事情を察したようだった。

「ネットのことはよう知らんが、まあ、あの時は新聞にも載ったからな。わしの人生で新聞に載ったのはあれが初めてや。多分、最後だろう。いや、次に殺されたら、その時も載るかな」

大友はそう言って笑った。

「大友さん」高井田は言った。「今度は別の形で新聞に載ってみませんか」

*

「こんにちは」

高井田は二週間ぶりに松下和夫の小屋を訪ねた。返事がなかった。中を覗いてみると、松下は小屋の中で眠っていた。寝るにはまだ早い時刻だ。

「松下さん」

名前を呼んだが、答えはなかった。高井田は中に入って、肩を軽く叩いてみた。松下が薄目を開いた。

「ああ、高井田さんか」

「どうしたんです。寝るには早いですよ」

「体が重くて——起き上がれなくて」

顔色がひどく悪い。

「どこか悪いんですか」

「悪いのはどこもかしこもだ」

「医者に行きましょう」

松下は寂しそうに笑いながら首を横に振った。

「金がない」


翌日、高井田は松下を連れ出し、蒲田のネットカフェでシャワーを浴びさせ、紳士服の量販店で買ったスーツを着せ、川崎市内の病院へ連れていった。松下には自分の健康保険証を渡し、高井田康と名乗らせた。健康保険のなりすましは犯罪だが、そんなことは気にも留めなかった。

待合室で待っていると、やがて診察を終えた松下がやってきた。

「どうでした」

「ガンだってさ」

松下は淡々と言った。

「ガンて、どこの？」

「肝臓ガンらしい。けど、何とかスキャンとかいうやつで見たら、方々に転移しているらしい」

声を失っている高井田に、松下は「元気出せよ、たいしたことない」と言って笑った。

その日、高井田は松下をファミリーレストランに連れていった。松下はハンバーグのセットを頼んだ。

「こんなところで食事をするのは久しぶりだよ」

松下は嬉しそうに言った。

「いつ以来ですか」

「そうだなあ。娘が小さい頃、一緒に来たよ」

松下が自分の身の上を話すのは初めてだった。

「お嬢さんがいたんですね」

高井田がそう言うと、松下は急に黙ってしまった。聞いてはいけないことだったかと思い、高井田もそれ以上は何も言わなかった。松下はしばらく無言で食べていたが、ふと呟いた。

「娘はハンバーグが好きだった」

松下の目には涙が浮かんでいた。高井田は見なかったふりをして、カレーをかき込んだ。

その夜、河川敷の小屋で、松下は言った。

「医者の言うところじゃあ、俺の寿命はあと半年あるかないかだとさ」

「――そうなんですか」

「実は俺もそんなところじゃないかと思っていた。ここんとこ、すごくしんどくてな。こんなことは初めてだったから、いよいよ終わりかなと思ってたんだ」

高井田は松下を入院させるべきだと思った。

「おっと、高井田さん、今、俺を入院させようと考えただろ」

驚く高井田の顔を見て、松下は笑った。

「それは無駄な考えだ。入院したところで治らねえ。六十年近くも使ってきた身体だ、手前《てめえ》のことは医者よりもわかる」

「でも、松下さん」

高井田が言いかけるのを、松下は「もうその話はやめだ」と強い口調で制した。

「余命半年と打ち明けたのは、入院したいからじゃない。高井田さんにちゃんと覚悟しておいてもらいたいからなんだ。急なお別れは辛いだろう」

松下はそう言って微笑んだ。

「――松下さん」

「しめっぽい話はやめだ。笑って生きようや」

高井田は「はい」と答えた。

「ところで、高井田さん」

松下が不意に真面目な顔で言った。

「最近、何かいろいろやってるみたいだが、よかったら、教えてくれないか。秘密と言うなら、無理には訊かないけど」

「――知ってたんですか」

「いや、何も知らんよ」松下は笑って手を振った。「ただ、高井田さんがホームレスを集めて何かやろうとしていることくらいはわかる」

高井田は黙って頷いた。

「高井田さんはホームレスで終わる人じゃないと思ってる。他の連中とはどこか違う。多分、もう一度、一旗揚げる気なんだろう」

高井田は松下になら打ち明けてもいいかもしれないと思った。少し迷った末に、自分の計画を話そうと決めた。

高井田が話している間、松下は口を挟まずじっと聞いていた。話し終えても、しばらくは俯《うつむ》いたまま黙っていた。やがて、ぼそっと言った。

「俺の身体を使え」

高井田は「えっ」と訊き直した。

「俺の身体を使えと言ったんだ」

「どういうことですか」

「高井田さんの計画の弱点は、狂言と受け取られかねないことだ」

松下の鋭い指摘に高井田は唸《うな》った。そう、今回の計画の一番の弱点はそこだった。通常の営利誘拐の場合、身内を誘拐された家族はすぐに気が付き、それが誘拐の何よりの証明となる。しかし新聞社やテレビ局にとって赤の他人であるホームレスが誘拐されたからといって、それが実際の誘拐事件と受け取られる可能性は低い。それは高井田自身が最も頭を悩ませているところだった。

「身代金を出さない企業に対して、本当に人質を殺して遺体を見せるんだ。そうすれば企業も世間も、これが本物の誘拐だと知る」

「――まさか、松下さんが」

松下は黙って頷いた。冗談で言っている顔ではなかった。

「高井田さんの計画は面白い。偽善者ぶっている新聞社やテレビ局の仮面を剝がしてやるだけでも痛快だ。もし、俺の身体がその役に立てるなら、本望だ」

「それはできません」

「やるんだ！」

松下は高井田を睨みつけ、鋭い口調で言った。その顔には「仏の松下さん」の面影はどこにもなかった。

「高井田さん、聞いてくれ。俺はこれまで何の役にも立たない人生を送ってきた。かつては家族のために生きてきたが、その家族ももういない。あと半年で俺の人生は終わるが、このまま死ぬのは、あまりにも情けない。死ぬ時くらい何かの役に立ちたいんだ」

高井田は何と言っていいかわからなかった。

「何も高井田さんに、俺を殺せとは言っていない。多分、半年後には、俺の身体は全身がガンに冒され、体が動かせないばかりか、痛みと苦しみでどうにもならなくなっているだろう。だから、薬で安楽死させてくれ」

松下はそう言って高井田の手をぐっと握った。

「高井田さん、俺の最後の願いを聞き届けてくれ！」

「松下さん――」

高井田は自分の目から涙があふれるのがわかった。


三日後の夜、高井田は多摩川の河川敷に、影山貞夫、石垣勝男、大友孝光、それに松下和夫を集めた。

周囲にまったく人がいないことを確かめてから、これから行なう「誘拐事件」の計画と作戦の概要をあらためて語った。高井田の考えたものに、影山と石垣と大友がアイデアを付け加えて練り上げたものだった。

ネットを使ってサイト上で展開するアイデアを出したのは石垣だった。石垣は、海外のサーバーをいくつか経由すれば、発信元は容易に突き止められないし、閉鎖するにも時間がかかると言った。このアイデアによって「劇場型」の骨格が固まった。

皆を驚かせたのは、大友のアドバイスだった。彼は、この計画は「心理戦になる」と言った。世論を巧みに動かし、新聞社とテレビ局を心理的に誘導していけば、成功すると言った。大友は若い頃に将棋のプロを目指して修業し、その後真剣師をしていたことに加えて、一時は麻雀でもメシを食っていたことがあった。彼の語る想定は将棋の「読み」や麻雀の「かけひき」に似ていると、高井田は思った。

誰にも異存はなかった。それどころか、皆、意欲を漲《みなぎ》らせていた。たとえ失敗しても失うものはないからだ。ただ、最後に、高井田が松下の覚悟を話すと、全員が押し黙った。

「気にするな」

松下は快活に言った。

「俺はもう長くない。どうせ死ぬんだ。俺の死がお前たちの役に立てるなら、むしろ嬉しい。俺が心配しているのは、計画実行の日まで命があるかどうかだ」

「松下さん――」

影山がそう言ったが、その後は言葉が続かなかった。

「影山さん、それにみんなも何も言わなくていい」松下は言った。「俺はもう長いこと半分死んでるようなものだった。しかし今は違う。俺は生きがいを感じてるんだ。これは無理して言ってるんじゃない。本心から言ってるんだ」

石垣が泣きながら「すみません」と頭を下げた。全員が松下に「ありがとう」と口々に言って手を握った。松下は黙って何度も頷いた。

高井田は全員に、事前にやるべきことを伝えた。

そのひとつは自分たちが何者かによって誘拐されたという証拠を、方々にばらまいておくことだった。事件が発覚したら、まず警察やメディアは人質となったホームレスの足取りを追う。その時に、誘拐の噂や目撃証言がいくつもあれば、事件の信憑性が高まる。そのために全員がいったんバラバラに生活し、周囲のホームレスに「美味《おい》しい仕事があると誘われている」という話を振りまくことを決めた。

さらに何人かが組んでホームレスの誘拐未遂計画を立てた。夜に寝ているホームレスを襲い、顔に袋を被《かぶ》せて運び出すという芝居だ。ホームレスが暴れると、彼を放置して逃走する。これが一般人ならすぐに警察が動くことになるだろうが、ホームレスが警察に駆け込んで被害を訴えても、まず動かないだろうと高井田は読んでいた。警察はおそらくホームレス同士のいざこざと思って無視するだろう。しかし都内や川崎でいくつかこういう行動を起こしておけば、後になって、警察やメディアは、誘拐犯は実際にホームレスをこうやって攫っていったと考えるはずだ。

高井田は「監禁場所」として、都内の雑居ビルの居住用の一室を借りた。そこは怪しげな事務所やもぐりのマッサージ店が入居している建物だった。やくざも何人か住んでいるようだった。裏ＤＶＤを売っているところもあった。ロビーには一応、旧式の防犯カメラはあったが、住人以外の男たちもしょっちゅう出入りするので、まさにお誂《あつら》え向きのビルだった。

高井田はそれぞれに今住んでいる場所を移動して「監禁場所」に集まる日を指定した。全員が同じ日である必要はない。一番肝心なことは、その日、突然姿を隠すことだ。生活用品もすべて残したまま、まるで煙のように消えるのだ。そう、まさに誘拐されたようにだ。

高井田は各自に指示を与えると解散した。

＊

病院から戻った松下和夫は全身がひどく疲れて、蒲田駅近くの公園のベンチに腰を下ろした。

松下は高井田に借りた健康保険証を使って、週に一度、抗ガン剤治療のために病院に通っていた。病院へ行く時は、事前に近くの駅のトイレで服を着替えていた。そして病院から出ると同じように、またもとのホームレスの汚れた服に着替えていた。病院で目立たないようにするためだった。

医者は入院を勧めたが、彼は拒否した。入院したところで助かる命ではない。医者はこのままでは三ヵ月も持たないと言ったが、三ヵ月あれば十分だと思った。抗ガン剤治療を受けると、全身がだるくなってたまらないが、高井田の計画を成功させるまでは歯を食いしばってでも生きてやると思った。

松下の目の前で、幼い女の子が母親と一緒に遊んでいた。小学校へ上がるか上がらないかくらいかなと思った。

不意に二十年前に死んだ娘の美佳子《みかこ》を思い出した。目の中に入れても痛くない可愛い娘だった。当時の松下は都内の証券会社に勤める営業マンだった。仕事は楽ではなかったが、家族のためだと思えば、少しも苦にならなかった。毎日、これが幸せというものかと思っていた。

あの頃の俺は娘と妻のために生きていた。誰かのために生きるということほど幸せな生き方はない。何もかも失った今、それがわかる――。

ある日曜日の昼過ぎ、美佳子は同じマンションの別棟に住むあかりちゃんのところに遊びに行くと言ってマンションを出た。妻が一緒に行くはずだったが、たまたま友人から電話があり、「早く行きたい」とせがむ娘に、「先に行ってて」と焼いたばかりのクッキーをお土産に持たせて行かせた。美佳子は「お母さん、早く来てね」と大きな明るい声で言うと、部屋を出て行った。それが生きている美佳子を見た最後だった。

松下は胸が苦しくなってきた。ガンのせいではない。美佳子のことを思い出すと、いつもこうなる。二十年経っても治らない。追加のクッキーを持って、あかりちゃんの家を訪れた妻が、蒼い顔をして戻ってきた時のことは今でもまざまざと思い出す。

「美佳子、あかりちゃんのところに行ってないんだって――」

その時はまだ事態を深刻には受け取らなかった。マンション内の公園かどこかで遊んでるんだろうと思った。すぐに妻と二人でマンションの敷地内を捜した。あかりちゃんの両親も一緒に捜してくれた。話を聞いた近隣の住人も一緒に捜してくれたが、娘の姿はどこにもなかった。

美佳子が見つかったのは一週間後だった。マンションから一キロほど離れた廃屋の中で、遺体となって見つかった。その廃屋の中でタバコを吸おうとたまたま潜り込んだ中学生によって発見されたのだ。遺体は全裸で、刑事の話では暴行された形跡があるということだった。

現実を受け入れられなかった。こんなことがあるわけがないと思った。全部嘘だ。これは悪夢に違いない。自分の身に、美佳子の身に、こんなことが起こるはずがない。しかしやがて、すべてが現実だと悟ると、自分の身が底なし沼に沈んでいくような感覚に陥った。

松下は妻を責めた。「どうして電話を切り上げて、美佳子と一緒に行ってやらなかったのか」と。妻は身をよじって泣いた。一日中泣いていた。夜、寝ていたかと思うと、突然、絶叫した。

犯人は見つからなかった。警察は周辺に住む変質者を何人も調べ、幾人か容疑者らしき者を見つけたようだが、いずれも当日のアリバイがあり、結局、迷宮入りとなった。

松下は一年後、妻と離婚した。美佳子のことで妻を許せなかったからだ。

妻が自殺したと聞いたのは、離婚して一年後だった。それを聞いた時、妻を殺したのは自分だと思った。おそらく妻は誰よりも自分を責めていたはずなのに、自分はその苦しみを理解できなかったばかりか、傷口に塩を塗るようなことをした。松下は自分の中で何かが壊れた気がした。そして翌日から出勤しなくなった。

美佳子がマンションを出て行った時、俺はテレビの競馬中継を見ていた。馬券を買っていたからだ。馬券なんか買ってなければ、美佳子に付いていってやれたはずだ。そうすれば今頃は妻と美佳子と一緒に暮らしていたかもしれない。美佳子は社会人になっているだろう。恋人ができただろうか。どんな恋人を家に連れてきただろう——。

そのすべてを奪った犯人が憎いと思った。この世界のどこかに犯人はいるのだ。今、この瞬間も、のうのうと生きているのかもしれない。

松下は胸ポケットからぼろぼろになった一枚の紙を取り出した。それは二十年前に買った馬券だった。あの日、美佳子が行方不明になった時の馬券だった。大番狂わせの万馬券だった。あれ以来、なぜかずっと持っている。もちろん換金もしていない。これを金に換えれば、美佳子を殺した犯人は永久に見つからないという気になっていたからだ。もちろん根拠も何もないゲン担ぎなのはわかっていた。しかし何かに頼らなければ生きていけなかったのだ。

結局、犯人もわからないまま、俺は死んでいくのかと思った。本当に何のために生まれてきたのかわからない虚しい人生だった。しかし、最後の最後で、面白いことになった。あの高井田という男だ。あの男の計画は愉快だ。彼は世の中の「偽善」というものに戦いを挑んでいる。俺の死がその役に立てれば、本望だ。

その時、「その紙は何だ」と声をかけられた。

いつのまにか隣にぼさぼさ頭の汚い服を着た男が座っていた。その男には見覚えがあった。一週間ほど前からこのあたりでよく見かける男だ。おそらくホームレスだろうが、名前は知らない。

「これですか」松下は言った。「お守りみたいなものです」

その男は「へっ」と鼻で笑った。

「お守りみたいなもんが役に立つかよ」

松下は黙っていた。

「あのな、世の中には神も仏もねえんだ。神頼みしたって神さんが助けてくれるわけもない」

松下は頷いた。その通りだ。あの時、俺は美佳子を無事に戻してほしいと必死で神に祈った。しかしその願いは聞き届けられなかった。美佳子が殺されたとわかってからは、犯人が捕まることを祈ったが、それも叶うことはなかった。

「けど、神さんてのは公平な奴だ」男は言った。「どれだけ悪いことをしても、バチなんかくれることもないからな」

「しかし、悪いことをしたら良心が痛む」

長髪の男は小馬鹿にしたように笑った。

「俺はこれっぽっちも痛まないな。これまで散々悪いことをしてきたが、良心も痛まないし、神さんもおめこぼしだ」

松下は男の顔を見た。だらしない長髪と顔一面のヒゲに隠れてよくわからなかったが、実に醜悪な顔付きをしていた。

「俺はそうは思わないな」松下は言った。「悪いことをした者は、いつか必ず報いを受ける」

それは自分自身に言った言葉でもあった。俺が今ガンで苦しんでいるのは、二十年前、妻を苦しめたからだ――。

「お前、バカだな」

男はそう言ってにやっと笑った。何本も歯の欠けた口の中が見えた。

「俺は昔、人を殺したことがある。ちょうど、あれくらいの年の女の子だ」

そう言って遠くの砂場で遊んでいる女の子を指さした。

「二十年くらい前だ。けど、捕まらなかったぜ」

松下は自分の心臓が早鐘を打つのを感じた。

「でたらめ言うなよ」

「でたらめじゃないぜ」

「それはどこだよ」

「あれは横浜だったな。ムショを出て二日後に、たまたま通りかかったマンションで出会った女の子だ」

松下は心臓が苦しくなって、思わず右手で胸を押さえた。

「その子はいい匂いのするクッキーを持っていた。俺が美味しそうだなと言うと、一枚あげると言ってくれた。それで、お礼におじさんが可愛い子猫を見せてあげると言うと、ついてきた」

「あんたの言うことは嘘だ」

「嘘じゃねえ」

松下は目を閉じた。その日、マンションを出る美佳子の姿を思い浮かべた。

「じゃあ、その子はどんな服装をしてた？」

「服装なんか覚えてるかい」

ホームレスはげらげら笑った。

「けど、穿いてたパンツは覚えてる。チューリップのマークが入っていた」

松下は思わず声を上げげそうになるのを必死にこらえた。チューリップは妻がわざわざプリントしたものだった――。

「どうした？　気分が悪くなったか」

男はおかしそうに訊ねた。

「聞いていて気持ちのいい話じゃないな。もうその話はいいよ」

男は、ひっひっひと笑うと、ベンチを立った。

松下はその後ろ姿を見ながら、手に持った万馬券を握りしめた。そして心の中で呟いた。

神様、ありがとう――。

五月二十四日（十七日目）

「君らも知ってるように、本日、朝八時、誘拐サイトの新しい声明があった」

警視庁捜査一課から来た管理官の甲賀《こうが》の言葉に、京橋署の捜査本部にいた全員が頷いた。二階堂《にかいどう》はプリントアウトしたものを全員に配った。


〈ＪＨＫの放送を拝見しました。

実に残念な発表と言わざるを得ません。

私たちは本当に人質の命を奪いたくはないのです。三億円で人ひとりの命が助かるのです。

ＪＨＫの資産は三千億円と聞いています。また全職員約一万人の平均年収は千四百万円とも聞いています。職員ひとり三万円の金を徴収すれば、ひとりの命が救われます。

どうかＪＨＫの皆さん、ご再考をお願いいたします。

期限は今日一杯です〉

「これをどう見る？」

京橋署の刑事課長の大久保が訊いた。

「かなりの長文ですね。いよいよ追い込まれて必死なんじゃないかな」

警視庁から来た本田《ほんだ》が言った。

「あるいは、そう見せているだけか」

京橋署の二階堂班長の言葉に、警視庁から来た刑事たちが一瞬むっとした顔をした。

二階堂は続けた。

「犯人は既に人質を殺している。二人目の人質を殺すことのハードルは低いと見ていい」

「つまり、ＪＨＫが身代金を支払う意思を示さなければ、二人目の犠牲者が出るということですね」

二階堂班の安藤《あんどう》が頷きながら言った。

「犯人逮捕も大事だが」大久保《おおくぼ》が言った。「それよりも大事なのは、新たな犠牲者を出さないことだ。これだけは何としても阻止しなければならん」

大久保の言葉に捜査員全員の顔が引き締まった。

「犯人は首都圏にいる可能性が高い。前にも言ったように犯人と人質を含めて十人くらいの男がいる。それなりの広さが必要だ。ワンルームや小さな2DKでは無理だ。寝るスペースもない。都内の各署にも捜査員を出してもらい、聞き込みをさらに強化する」

「JHKに対して、時間の引き延ばしは要求しないのですか」

警視庁から来た別の刑事が訊いた。

「それは要請しているところだが、JHKには、今のところ、その意思はないということだ。だが引き続き、要請する。時間を少しでも延ばせば、我々にそれだけ有利になるし、人質の命もそれだけ延びる」

＊

「今日も番組で取り上げますか」

『二時の部屋』の朝の企画会議で、チーフディレクターの野口《のぐち》が吹石《ふきいし》に訊いた。

「やらないわけにはいかないだろう。今、これだけの関心を集めている事件はないし、犯人側の新しい声明もあった」

「どういう切り口でやります？」

「そこが難しい。知っての通り、うちも身代金を要求されている。犯人側をあまり刺激するなというのが上の指示だ」

「けど、犯人を批判するのは当たり前ですよ。そうしないと視聴者の共感を得られません」

構成作家の井場《いば》が言った。

「そうです。犯人は既に一人殺しています。他の局でも犯人を徹底して非難しています」

もう一人の構成作家の大林《おおばやし》が言った。

「いや、たしかに犯人に対する非難も多いが、一方で、ＪＨＫへの非難も少なくないです」

総合演出の真鍋《まなべ》が口を挟んだ。吹石の「本当か」という声に、野口が答えた。

「ＳＮＳではＪＨＫに対する批判的なコメントが結構増えています。簡単に言えば、三千億も内部留保があるなら、身代金を払ってやれよというものです。人道的な見地というよりも元々ＪＨＫに不満を持っている層が書いたものがかなりあるとは思いますが」

「いや、本気で金を払ってやればいいと思ってる人も少なくないと思いますよ」真鍋が言った。「噂では常日新聞の購読者がかなり減ったと聞いてます」

「ツイッターでも、ＪＨＫの受信料を払わないと書いている人がかなりいましたね」

吹石はため息をついた。

「吹石さんは、何を心配してるんですか？」

真鍋が訊いた。

「『三十六時間テレビ』だよ」

全員がはっとした。野口が「そうか――」と言った。

「放送は三ヵ月後だが、来月からＣＭを打つ。皆も知っての通り、我が社の一番のビッグプロジェクトだ」

全員が押し黙った。大和テレビにとって『三十六時間テレビ』は最大の看板だ。二十年以上続いている人気番組で、この日は有名タレントが総出演し、視聴率も他のテレビ局を圧倒する。番組の基本コンセプトはチャリティーで、キャッチコピーは「愛は世界を変える」というものだ。ただ一方で、チャリティーに名を借りた「偽善番組」ではないかという批判もある。それも一理あり、大和テレビがこの一日半で稼ぎ出すCM料金は三十億円を優に超える。つまり大和テレビにとって、この日は一年のうちで最も大事な日でもあった。

「誘拐サイトが、うちを名指ししてきた場合、『三十六時間テレビ』が叩かれる恐れがあるということですね」

真鍋の言葉に吹石は頷いた。

「たしかに『愛は世界を変える』なんてキャッチコピーは、狙い撃ちにされる可能性がありますね」井場が言った。「世界を変える前に、ホームレスを救済しろって――」

部屋にいた何人かが笑ったが、吹石がにこりともしなかったので、その笑いはすぐに消えた。

「では、番組ではどういうスタンスで取り上げましょうか」

野口が改めて吹石に訊いた。

「淡々とやれ。報道番組みたいにな。MCやゲストにも、人質が可哀想みたいなことは絶対に喋らせるな」

「わかりました」

＊

「ＪＨＫはついに身代金を拒否したままでしたね」

石垣が神妙な顔つきで言った。

「まあ当然だろう。民間企業じゃないし、会長といったところでお飾りみたいなもんだ。理事たちにも権限はない。身代金を払うなんて言えるはずもない」

影山が冷ややかな顔をして言った。それを受けて石垣が「けど、払わない理由を会長は必死にそれらしく言っていましたね」と軽く笑った。

「すべては大友の読み通りに進んでいるということだ」

高井田が言った。部屋にいた三人は頷いた。

「じゃあ、やるか」

高井田の言葉で、影山、石垣、大友の顔に緊張が走った。松下の時は、彼の意志による自殺だったが、今回は自分たちの手で殺すのだ。さすがに人を殺すとなると、平静ではいられない。

「原口《はらぐち》は俺が殺す。お前たちが手を下すことはない」

高井田の言葉に、一番若い石垣はホッとした顔をした。

高井田はダイニングキッチンの隣の部屋に入った。三人の男たちがその後に続いた。

その部屋は窓に防音ボードが貼られているため真っ暗だった。さらに四方の壁、天井、床にも——天井の電灯と壁のスイッチ部分を除いて——すべて防音材が貼られている。

高井田が明かりを点けると、部屋の真ん中に一人の男が両手両足を縛られて倒れていた。

＊

高井田は松下から話を聞いた時、松下のためにその男を「処刑」することに決めた。同時に、その死を、「誘拐事件」に利用することを決めた。そのことを松下に告げると、松下は「それでいい」と言った。

高井田はその男を「誘拐事件」を決行する直前に攫うと決めた。しかしそのためには、男を見張っておく必要がある。ホームレスの中には、ある日、ふっと姿を消す者がいるからだ。男の見張り役として影山が付いた。彼は偶然を装って男に近づき、親しくなった。男が影山を受け入れたのは、出会った日に影山が気前よく奢《おご》ったからだ。男は影山の傍にいれば、食べ物に苦労しないと考えたらしく、影山を頼るようになった。影山は男のいる場所の隣にテントを設置して、そこを仮の根城にした。

その間、高井田たちは着々と計画を進めた。ワンボックスカーに付ける偽造ナンバーをいくつか取り揃えた。他にも必要なものを買い揃えた。複数のパソコンとプリペイド携帯、それに衣装などだ。Nシステムの場所に関しては元タクシー運転手の影山が詳しかった。Nシステムが設置されていない道路をチェックし、そのコースにある防犯カメラの位置を徹底的に調べた。

犯行を告知するサイトは石垣が立ち上げた。複数のサーバーを経由してC国にあるサーバーにアクセスできるようにした。石垣によれば、辿り着くのが困難な上に、たとえサーバーが判明して開示請求や閉鎖請求をかけても、相当な時間がかかるはずだということだった。また、サイトが閉鎖されてもすぐに復活できるように、予備のサイトをいくつか別の国のサーバーに用意していた。それらの支払いには高井田のクレジットカードが使われていたが、たとえ警察がその事実を摑んだとしても、犯人たちに使用されたと答えるつもりだった。

五月に入り、高井田たちは松下の娘を殺した男を拉致《らち》した。

その日、影山は「いい仕事がある」と言って男を連れ出した。その少し前から、影山は裏稼業で儲けているようなことをほのめかし、実際に金も見せていた。男は、俺もそれに入れてくれと何度も頼んでいたが、影山ははぐらかしていたのだ。それだけに「紹介してやる」と言うと、男は疑いもなく喜んでついてきた。

途中、コンビニのトイレで用意していた服に着替えさせ、アジトにしていた雑居ビルに連れ込んだ。男が部屋に入ると同時に、高井田たちが襲いかかり、あっという間に身動きできないように縛り上げた。そして前もって用意していたダイニングキッチンの隣の部屋に男を運んだ。その部屋は事前に窓も壁も天井も床もすべて防音材で完全に覆っていた。

高井田たちは、松下の立ち会いの下、尋問を行なった。

「あんたに訊きたいことがある。二十年前に殺した女の子についてだ。知っていることを全部話してもらいたい」

「なんだ、お前ら」男は言った。「俺のバックには恐ろしいヤクザがついてるんだぞ。すぐに俺を解放しないと、とんでもない目に遭わすぞ」

「そんなことは訊いていない。あんたは、訊かれたことにだけ答えればいい」

――一時間後、男は松下の娘を殺した日の行動を思い出せる限りすべて話していた。その時までに男の指はすべて折られ、陰茎は切り取られていた。男がどれだけ悲鳴を上げても、防音室は音を外に漏らさなかった。

男の話は、当日の松下の娘の様子、マンションの位置関係、犯行現場と死体遺棄の場所――すべてが犯人でなければ知り得ないものだった。男の本名は原口清《きよし》といい、幼女殺しの前科で懲役十五年の刑を受けていたこともわかった。そのことは石垣がネットで確認した。原口は少なくとも二人の幼い女の子を殺していたのだ。

原口は熊本刑務所に十三年服役し、仮釈放された二日後に、松下の娘を殺したのだ。警察の捜査線上に原口が浮かばなかったのは、熊本から日帰りで横浜に来て犯行を行なっていたからだ。まさか刑務所を出た二日後に横浜で殺人を犯すとは考えられなかったのだろう。高井田たちは自分たちの目の前で身動きできない状態で身をよじっている男が、本物の変態殺人者であることを確認した。

原口は涙と鼻水で顔をぐしゃぐしゃにしながら、「俺が悪かった。助けてくれ」と言った。

高井田は「それはできない」と答えた。

「頼む。警察に突き出してくれ。全部、自供する。裁判を受けさせてくれ」

「お前に裁判は必要ない」

「どんなことでもする。真人間に生まれ変わる」

「もう遅い」

原口は大声を出したが、大友に金属バットで喉を突かれると、激しく咳き込んだ。咳が収まってから、高井田は言った。

「今度大きな声を出したら、喉を潰すぞ」

原口は声が出ないのか、首を上下させた。

「しっかり聞け」と高井田は言った。「お前をすぐには殺さない。これまで自分が行なってきたことを反省する時間と、後悔する時間をたっぷり与えてやる」

原口を誘拐した一週間後、高井田たちは複数の海外サーバーを経由して作ったサイトを立ち上げた。

もう後戻りはできなかった。

高井田は人質の名前を公表する時、原口の名前は「田中修《たなかおさむ》」という偽名にした。原口清の名前を出せば、警察が彼の犯罪歴に辿り着くだろうし、メディアはそれを公表するかもしれない。そうなれば同じ人質の中に娘を殺された男がいるという奇妙な偶然を怪しまれる可能性もある。それに「殺人犯」が殺されても世間の同情はひけない。

高井田たちは、原口の顔から身元がバレないように眉を剃り落とし、写真を撮る時に目を吊り上げた。目尻をテープで留めて、テープ部分はコンシーラーで隠したのだ。写真と動画撮影のために、敢えて顔は一切殴っていなかった。そうしてホームレス時代の原口を知っている人間でもわからないほどに顔を変えてからカメラの前に立たせた。

最初に殺す人質は原口と考えていたが、直前になって松下が「俺を最初にしてくれ」と申し出た。その頃にはもう、松下はほとんど起き上がることができなくなっていた。

「万が一だが、原口を殺せば、そのＤＮＡから正体がばれる可能性がある」

松下は苦しそうな声でそう言った。警察が原口のＤＮＡの資料を持っているかどうかは疑問だが、もし毛髪などの証拠を保存していたら、正体はわかるだろう。

「それにだ」松下は喘《あえ》ぐように言った。「俺はもう長くは持たない。あと一週間、耐えられる自信がない。とても苦しい。早く楽になりたいんだ」

高井田たちは松下の言葉を受け入れた。

薬は松下自身が飲むと言い張った。石垣と大友に抱きかかえられるようにして上半身を起こされた松下は、「これは自殺だ」と言って、震える右手で大量の薬を少しずつ口に入れた。水は高井田が飲ませてやった。

二十分以上かかってようやく薬を飲み終えると、松下は満足そうに頷いた。再び、身体を横たえると、かすかな声で言った。

「あとは頼むぞ」

高井田は「わかっています」と答えた。

「あとのことは心配しないでください。原口のクズは、たっぷりと恐怖を味わわせて処刑してやります」

松下は口元に笑みを浮かべた。それからゆっくりと言葉を切りながら言った。

「この二十年、生きているのが、辛くて、たまらなかったが、最後の最後で、お釣りが来たよ。俺は幸せだよ。みんな、ありがとうよ。頼むから自分を責めないでほしい」

そう言って目を閉じた。

「みんな、頑張れよ」

それが松下の最期の言葉だった。四人の男たちは誰はばかることなく号泣した。

その夜、松下の死体を、彼の遺言通りにバラバラにした。作業は浴室で行なった。

「死体は死体だ。モノと一緒だ。気にすることはない」

松下はそう言っていたが、高井田たちは首以外の身体を捨てる気はなかった。事前に用意しておいた大型の冷凍庫に、首以外の部位を保存した。

松下の首は四人がリレー方式で運んだ。何種類ものバッグと袋を用意し、防犯カメラの死角になっている場所や混雑した電車の中で受け渡していった。一度受け渡した者がまた服を着替えて、別のところで受け取った。もちろんカメラに顔が写らないように、帽子やマスクで顔を覆った。

人質を殺害したことで、世間は「誘拐サイト」に対して激しい憎悪をたぎらせた。しかしその一方で、身代金を支払わなかった常日新聞に対して、冷ややかな目を向ける人たちも少なくなかった。すべては高井田たちの計画通りだった。

もともと常日新聞から身代金を奪うつもりはなかった。身代金を支払わず、その結果、人質が殺される事態になって、世間の非難を常日新聞にも向けることが目的だった。そして予想したように、常日新聞の解約の動きが起こり始めていた。ネットの情報だとすでに一パーセントを超える数字になっているということだ。高井田たちの本命は東光新聞だった。常日新聞の解約の数字を見た東光新聞はどう出るか。東光新聞の購読数は常日新聞の倍以上だ。つまり同じ契約解除率なら、損害額も倍以上となる。

同様にＪＨＫもダミーに過ぎなかった。本命は大和テレビである。ＪＨＫが身代金を払うことを拒否した結果、受信料の支払いを拒否する者が多数出た場合、大和テレビの上層部はどう思うか。

大和テレビの一番の目玉は『三十六時間テレビ』だ。その日だけで、スポンサー料は三十億円を超える。もし、大和テレビが身代金を支払うことを拒否し、『三十六時間テレビ』が放送される直前に人質が殺されたら、番組自体も無傷ではすまない。その偽善性を激しく叩く者も出るだろうし、ＣＭを降りるスポンサーが出ないとも限らない。あるいは番組そのものへの出演を見合わせるタレントが出る可能性もある。

しかし実際に東光新聞と大和テレビがどう出るかはわからない。どれだけシミュレーションしても、絶対はない。ただ、自分たちは成功の確率を高めるために、行動するだけだ。

ここまでは最初の計画通りに進んでいる。ツイッターに告知した途端、食いついてきた人物がサイトを広めてくれた。「コナン・ホームズ」と名乗ったその人物は、「誘拐サイト」の第一発見者として少しばかり有名になったが、それ以降、調子に乗っていろいろとツイートした。それは計画にはないものだったが、高井田は広報係として利用することにした。つまりコナン・ホームズをより有名にするために、彼のツイート通りに「誘拐サイト」を更新していったのだ。狙い通りコナン・ホームズの人気は一挙に上がり、相乗的に「誘拐サイト」の知名度も上がった。

テレビが食いついたことも大きかった。全国ネットの番組となると、視聴率一パーセントで約百万人近い人が見るとも言われる。『二時の部屋』は平均視聴率が一〇パーセント近くある人気番組だ。つまり一回の放送で約一千万人近い人が知ることになる。高井田はテレビの恐ろしさを身をもって知っていた。テレビが「寝かせてくれよ」と言った自分の映像を繰り返し流したことで、彼の店は一瞬で潰れたのだ。

今度はそのテレビを逆に利用した。一円の金も払うことなく、ネットよりはるかに多くの国民にサイトを知らしめることができた。この犯罪は、全国の人々を巻き込まなければ成立しない。社会の公器とも言える新聞とテレビを追い詰めるには、国民の感情を動かす必要があるからだ。

高井田にしても世論が自分たちの味方をするとは微塵《みじん》も考えていなかった。いかに詭《き》弁《べん》を弄しようとも、冷酷に人質の命を奪う犯人を擁護する者が増えるはずがないことはわかっていた。しかし新聞社やテレビ局の偽善に気付いて、彼らを叩く者が一〇パーセント、いや五パーセントでも増えれば、自分たちの計画は成功すると踏んでいた。

＊

原口は身体を寝袋に入れられ、顔だけを出していた。寝袋はビニールシートで覆われていた。垂れ流している糞尿は寝袋とビニールシートを通しても臭った。高井田たちは原口の陰茎を切り取った後、出血多量で死ぬのを防ぐために応急処置的にその部分を縫合していたが、完全には止血できていなかった。しかし、そんなことはどうでもよかった。

高井田は床にしゃがんで、男に話しかけた。

「原口さん」

男は目を開けて高井田を見た。

「今から、あんたを処刑する」

男の目が恐怖でかっと見開かれた。

「理由はわかってると思う」

男は必死に首を振った。手拭いで覆った口の中から、くぐもった声が出たが何を言っているのかわからなかった。

高井田は原口の顔に巻いた手拭いを外し、口の中に詰め込んでいた靴下を抜き取った。

「お願いします。助けてください。病院に連れて行ってくれ。あそこが痛いんだ」

原口は懇願した。

「助けてやってもいい」

高井田の言葉に、影山たちは驚いた。原口の顔に喜びが走った。

「しかし、それには条件がある」高井田は言った。「解放された後、警察に自首することだ。それを約束できるなら、解放してやる」

影山が「おいおい」と言った。それを大友が制した。

「自首します、約束します」

「あんたは三十三年前に幼女を殺して懲役十五年の刑を受け、二十年前に仮釈放されて、すぐに松下さんの娘を殺した。でも、それだけか」

原口は高井田の顔を見た。

「俺にはそれだけとは思えない。それ以外の全部の犯罪を警察に自首してほしい。もちろん、時効になっているものもあるかもしれない。しかし、すべてを警察に告白してほしい。それが約束できるなら、解放してやる」

「他には何もやっていません」

高井田は「そうか」と言って、用意していたロープを原口の首に巻いた。

「お前が信用できない男とわかったから、今すぐに処刑するよ」

原口が「待ってくれ」と言うのを無視してロープを巻くと、それを両腕で引っ張った。

「待ってくれ、言う、言う！」

高井田はその言葉を無視してさらに力を込めた。原口はかすれるような声で「他にもやった」と言った。高井田はロープを摑んでいた手の力を抜いた。

原口は高井田の差し出すボイスレコーダーの前で、最初の幼女殺しの前に、十七歳の時に足立区で幼女を殺していることを打ち明けた。この時は容疑者にもならず、逃げおおせたということだった。

石垣が別室でネット検索して、そういう事件がたしかにあったことを確認した。

「高井田さんがどうしてあいつを助けると言ったのかわかりました」

石垣がパソコンを閉じながら言った。影山と大友も頷いた。

「最初から許す気なんかなかったんですね。あのクズを処刑する気持ちを奮い立たせるためだったんだ」

「それもあるが」と高井田は言った。「あいつはもっとやっているという確信があった。松下さんの無念を晴らすために処刑するのは決めていたが、それ以外の被害者の無念も晴らしてやりたいと思った。知っているのと知らないのとでは意味が違う」

三人は頷いた。

「原口という男が苦しめてきたのは松下さんだけやない。あいつはこれまでの人生で、どれほど多くの人たちを苦しめてきたのかわからん」

大友が言うと、影山が「処刑は俺も手伝うぜ」と申し出た。

「いや、いい。この計画は俺が始めたものだ。もっともその時は原口の処刑は計画にはなかったが、松下さんに、仇を討つと約束したのは俺だ。お前たちは殺しなんてやるな。人を殺した人間は一生重荷を背負っていく。そんなものは俺だけで十分だ」

その夜、高井田は、泣きながら命乞いする原口の首をロープで絞めた。

五月二十五日（十八日目）

新宿駅近くの大ガード下に切り取られた人間の首があったと近くの交番に通報があったのは、明け方の五時だった。首は黒いポリ袋に入れられていた。発見したのはそのあたりを根城にしていたホームレスだった。すぐに京橋署にも連絡が入り、二階堂と安藤が新宿に向かった。

二人が京橋署に戻ったのは、午前九時少し前、捜査会議が始まる直前だった。

「マル害は顔が誘拐サイトの人質の一人である田中修に似ており、また誘拐サイトの殺害予告のタイミング、それに松下和夫の死体遺棄の方法との類似性から見て、おそらく田中修であろうということです」

その報告は刑事たちを驚かせた。田中修は事件のカギを握る男という見方があったからだ。中には、田中が首謀者の一人ではないかと考えている者もいたくらいだった。

「正式な検視報告はまだですが、鑑識の言葉では、死因はおそらく絞殺、死後八時間くらいは経っているとのことです。なお首は黒いポリ袋に入れられており、ホームレスが発見したのは明け方の五時くらい。周辺の防カメを確認中ですが、現場はちょうど死角になっているとのことです」

「犯人は防カメの位置を知っていたということだな」

「それと、マル害の眉は剃った痕がありました。マル害が田中修とすれば、山下《やました》の推理が裏付けられたことになります」

安藤が二階堂の言葉を受け継いだ。

「田中修の唇は犯人たちが公開した動画よりも薄いように思います。動画撮影の時に、何らかの方法で唇を腫らしていた可能性があります。それと、動画よりも顔全体が痩せている感じがしました」

「ということは、本当は動画よりも唇は薄くて、眉もあったということだな。それに痩せていると」

管理官の甲賀が納得したように言うと、安藤が続けた。

「剃り痕から、眉はむしろかなり濃い方だったのではと思われます。これは私の個人的所感ですが、マル害の目は閉じられていたものの、動画のように吊り上がってはいない感じでした。むしろどちらかといえば、垂れ気味の目ですね」

「なるほど、目もいじっていたわけか」甲賀が頷いた。「モンタージュ写真でめぼしい情報が集まらなかったのはそのためか」

「普通に考えて、人質自ら変装する理由はないから、犯人が敢えてそうしたんだろうな。問題はその目的だな」

大久保刑事課長が皆に尋ねるように言った。

「犯人はマル害の身元が割れることを恐れていたのかもしれません。そのままの顔を出せば、マル害を知っている者が気付く、そうすると、警察やマスコミがその身元を割り出します。犯人はそれを阻止しようとした――」

二階堂が思いついたように答えた。

「だとすると、犯人は事前にマル害のことを知っていたことになる。無差別に誘拐したのではないという線もあるな」

大久保が顎に手をやりながら言った。

「すると、マル害はホームレスじゃない可能性も出てきますね」

玉岡《たまおか》が勢い込んで言った。

「その可能性も含めて、マル害の身元の確認だ。おそらく田中修というのは偽名だ。マル害の目を開けた顔を写真に撮って、それを元に動画の写真を修整して、あらためて公開で目撃情報を募ろう。髪の毛は多めにしてホームレスみたいにぼさぼさにしろ。山下、いけるか」

「大丈夫です」山下が力強く答えた。

「もしかしたら、このあたりが突破口になるかもしれないな」

甲賀が腕を組んで言った。それを受けて、大久保が全員を見渡して言った。

「殺害時刻から見て、犯人は都内にいることが、かなり濃厚となった。前にも言ったが、犯人グループは数人と考えると、人質も含めて十人前後の人間が生活していることになる。それなりの居住スペースが必要だから、ワンルームとか小さな2LDKは除外していいだろう。その意味で有力なのは一軒家だが、もちろんマンションも除外はできない。いずれにしても複数の人間が入れ代わり立ち代わり出入りしているはずなので、隣近所は不審なものを感じている可能性がある。聞き込みはそのあたりを重視しろ」

＊

その朝、「誘拐サイト」は犯行声明を発表した。
〈私たちは心ならずも二人目の人質の命を奪ってしまいました。
もうこれ以上人質の命を奪いたくはありません。
ただ、常日新聞とJHKには、今後、身代金は一切要求しません。なぜなら、人質は、

身代金不払いと交換で命を失ったからです。今さら身代金を手に入れても、失った命は戻ってきません〉

この声明が出された午前八時には、すでにテレビ各局で「首発見」のニュースが報じられていた。朝のワイドショーでは、多くのコメンテーターたちが犯人への怒りを露わにした。自らの手で人質を殺害しておきながら、罪の意識もなく、まるで常日新聞とＪＨＫに責任があるような犯人の態度を、皆、厳しく糾弾した。ネットの論調も大半が犯人への非難だったが、一方でまたこの事件を面白がる書き込みも少なくなかった。

「憂慮していた最悪の事態となりました」

その日、緊急で行なわれたＪＨＫの理事会の席上で、副会長の篠田《しのだ》正輝《まさき》が開口一番に言った。

「尊い人質の命が失われましたが、ＪＨＫに責任があるわけではありません。もちろんＪＨＫとしては公式にそんな見解を述べることはできませんが、ここだけの話、私たちが罪の意識を抱く必要はないと考えています」

多くの理事が頷いた。ここで会長の高村篤が口を開いた。

「言うまでもなく、すべての罪と責任は犯人にあります。ＪＨＫは一方的な被害者です。また、この犯人をいまだに逮捕できないでいる警察にも責任の一端はあります。もし警察がもっと優秀ならば、二人目の殺害は防げたはずです」

「本当にそうです」理事の一人が言った。「いったい警察は何をしてるんだと言いたいですよ。警視庁は昼寝でもしているのかと」

「犯人はおそらく都内に潜んでいるはずだから、一軒一軒聞き込みに回れば、怪しい人物は見つかると思うんですけどね」

別の理事が言った。

「意外にうちの訪問員なら情報を持ってるかも」

誰かの冗談に何人かが笑った。そんな軽口が出たのは、犯人の声明の中に、「ＪＨＫには今後、身代金は一切要求しない」という文言があったせいだった。

「犯人の言うことをどこまで信用していいのかはわかりませんが、一応、うちは解放されたわけです。解放されたという言い方が妥当なのかはともかく」

篠田の言葉に理事たちの多くはほっとした顔をした。篠田は続けた。

「あとは、これからＪＨＫが出すコメントの内容です。人質の死にＪＨＫは責任がないとはいえ、それを堂々とは言いにくい。というのも、世間の一部はそうは見ていないからです。かといって、我々にも非の一部があるようなコメントを出すわけにもいきません。コメントは慎重に練らねばなりません」

コメントを作成することになる広報部を担当している理事の池山《いけやま》が緊張した顔で頷いた。

「ひとついいですか」

受信契約の部署を担当している理事の竹山《たけやま》が手を挙げた。

「いい報告ではないのですが、受信料を払わないという電話が、朝から相当数かかってきています」

高村は露骨に苦い顔をした。

「数はどれくらいなのかな」

「七時から八時までに三十二件、八時から九時までに百六十八件、九時から十時までに三百二十一件です。これは対応した件数だけです」

高村は素早く頭の中で計算した。受信契約の総数は四千二百万、それから見ればクレーマーの電話は約○・○○一パーセントだ。無視していい数字とも言えるが、事態はそれほど甘くないと思った。直接電話するクレーマーはそもそも特殊な人間だ。たいていの人はそこまではやらない。つまり電話をかけてきた人間の背後には、受信料を払わない意思を持った人間が相当数いると見て間違いない。

「竹山君」篠田は言った。「実際の解約率はどれくらいと見ている?」

「現段階では何とも申し上げられません。来月にならないと具体的な数字は出てきません。ですが、解約手続きはなかなか手間なもので、実際にそこまで行なう人はあまりいないのではないかという読みもあります。ただ——」

「ただ、なんだ」

「来月以降の新たな契約者は若干減るのではないかという見方があります」

高村はため息をついた。受信料の契約をお願いする訪問員に対し、「人質を見殺しにするようなテレビ局に受信料なんか払いたくない」と言って追い返す様子が目に浮かぶようだった。

「中には間違った義憤から、JHKに怒りをぶつけてくるようなのもいるかもしれんが、多くは今回の事件を、受信料不払いの言い訳に使うんだろうな」

「充分に考えられます」

高村は再び頭の中で素早く計算した。仮に一パーセント減れば、約七十億円の減収だ。七十億だと！　と心の中で呻いた。〇・一パーセントとしても七億円の減収だ。とんでもない数字だ。

「ですが会長、今後はＪＨＫに対しては身代金を要求しないと宣言しているわけですから、これが本当なら、とりあえずは一件落着と考えていいのでは――」

「君は何を言ってるんだ！」

高村は思わず強い口調で言った。

「本当に厄介なのはこれからじゃないか」

＊

「見たか。誘拐サイトの声明文を」

大和テレビの制作部長である橋本《はしもと》が難しい顔で吹石に言った。

「はい」

「常日新聞とＪＨＫには身代金を要求しないということは、次はうちか東光新聞ということになる」

吹石は頷いた。

「三ヵ月後には『三十六時間テレビ』が始まる。今も全国の系列局でロケが進んでる。来月からは番宣も開始する。そんな時に、名指しで身代金を要求されたらどうなる。もちろん、そんなものは払わないが、その時に視聴者がどう思うか」

「冷たい局だと思う視聴者がいるかもしれませんね」

「それだよ」橋本は持っていたボールペンで吹石を指さした。「一般大衆というのは、実に情に流されやすい。テレビ局は金を持ってるんだから、不幸なホームレスを助けてやればいいじゃないかと思うんだ。論理的にものを考えられない奴が多いんだよ」

吹石は「おっしゃるとおりです」と言いながら、そもそも『三十六時間テレビ』が成功したのも、そういう情に流されやすい大衆がいるからじゃないかと思ったが、それは口にしなかった。

「そんなわけで、今からうちは誘拐サイトに対して防衛戦に入る」

「防衛戦――ですか」

「そうだ。これは戦いだよ。うちの報道番組やワイドショーを使って、卑劣で残忍極まりない犯人というイメージを視聴者に植え付けろ。誘拐犯たちは社会の敵、民衆の敵だというイメージを強調するんだ。奴らこそ社会で一番弱い存在であるホームレスを食い物にしている連中だと」

「わかりました」

「それと番組を使って犯人捜しを呼び掛けろ。警察の見立てでは、犯人グループはおそらく都内にいて、メンバーも少なくとも数人はいるということだ。生き残っている人質四人を含めると、十人近い。もし一ヵ所に固まっているとすれば、近隣住民がなにか気付くかもしれない。その情報提供を番組で呼びかけるんだ」

「それは効果があるかもしれません。うちの番組は首都圏だけでも三百万人近い視聴者がいます。しかも主婦が多い。主婦というのはサラリーマンと違って、近隣のことには敏感です。主婦の捜査能力は馬鹿にできないんですよ。5ちゃんねるにも鬼女板というのがありますし」

「それはなんだ」

「既婚女性が集まる掲示板です。既婚女性を略して既女、それを鬼の女と書くようになったんですが、世間を騒がせた人物などの名前や住所を見つけてしまう専業主婦がいるんですよ。ユーチューブで犯罪動画をアップする若者を特定したり。もっとも鬼女板と言っても男も相当いるとは思いますが」

「要するに暇を持て余した、好奇心旺盛な奴が結構いるということだな」

「犯人逮捕に至る有力情報を提供してくれた人には懸賞金を出すというのはどうでしょう」

「面白いな、それは」橋本がにやりと笑った。「しかしテレビ局が懸賞金を出すというのは聞いたことがないな。コンプライアンス的にはどうなんだ」

「倫理的な問題はあるかもしれませんが、放送法には抵触しないと思います。本来、私的懸賞金というのは、被害者やその家族が出すのが通例ですが、今回の場合、大和テレビは身代金を要求されている被害者ですから、問題はないと思います」

橋本は「なるほど」と言ったが、賛成はしなかった。

「この事件ではすでに二人の人物が殺害されています。それに『社会の敵』『民衆の敵』と位置付けるわけですから、社会の治安を守るために、テレビ局が賞金を出しても、責められることはないのではないでしょうか。むしろテレビが公器であるという側面をアピールできます」

橋本はなおも考えていたが、「その件に関しては考査に諮《はか》る必要があるな。仮に考査がＯＫを出しても、社長の了承が必要だ」と言った。

＊

国会中継をテレビで見ていた警察庁刑事局長の佐伯正臣《さえきまさおみ》は何度も舌打ちした。

その日の午後の予算委員会では、野党が今回の誘拐事件について質問していた。質問に立ったのは、「国会のカミツキガメ」と渾名《あだな》される元タレントの女性議員だった。

彼女はいつものようにヒステリックな声で、これは警察官僚をたるませている総理大臣の責任であると騒ぎ立てた。そして、周囲から野次を浴びても、臆することなく、この劇場型犯罪の舞台となっている「誘拐サイト」を野放しにしているのは、日本政府の怠慢だと言い放った。また、治安を揺るがすこんな犯罪に対して手をこまねいている閣僚たちは何をしているんだとも言った。質問中に何度も「尊い人命」という言葉を使ったが、彼女自身が本気で人質の命を心配しているようにはまるで見えなかった。

彼女が今回の事件を政府を糾弾するためのネタにしているのは見え見えだった。現場で懸命に捜査を続けている警察官への敬意などは一切感じられない。国会の場において、警察が無能であるかのような扱いを受けるのは、腹立たしい限りだったが、それ以上に怒りを覚えたのは、彼女の質問に答えるためだけに警察庁長官が国会に呼び出されたことだった。全国三十万人の警察官のトップである長官が、二流の元グラビアモデルの議員に吊るし上げられる様子は見るに堪えないものがあった。佐伯は警視監だ。警察官としては上から三番目の序列にあたる。

女性議員は、なぜ誘拐サイトのような社会の治安を脅かすサイトが野放しにされているのかと、警察庁長官を詰問した。長官が、複雑なネット環境を説明しても、女性議員は理解できないのか、あるいは理解しようともしないのか、同じ質問を何度も繰り返し、挙句は警察の官僚体質に問題があるのでは、と言って質問を終えた。

苦々しい思いでテレビを切った時、受付から電話があった。東光新聞の社長が来たという知らせだった。前日に面会のアポが入っていた。佐伯は刑事局長室に案内するように伝えた。

まもなく女性警察官に案内されて、東光新聞の社長と副社長がやってきた。

「初めまして、佐伯です」

「岩井《いわい》です」

「安田《やすだ》です」

東光新聞の二人は挨拶を終えると、ソファに並んで座った。佐伯は二人の向かいに座った。

「今回、お伺いしたのは他でもありません。例の誘拐サイトの件です」

佐伯は頷いた。来訪意図は前日に聞き及んでいた。

「事件解決の見込みはいかがですか」

岩井は単刀直入に訊いた。

「目下、捜査中です」

「犯人は逮捕できそうですか」

「それを目標に動いています」

岩井は不満げに頷いた。

「犯人が次に身代金の要求をするのは、うちか大和テレビです」

そうと決まっているわけではないが、佐伯は「はい」と答えた。

「私どもの口から申し上げるのは口幅ったいのですが、東光新聞は創業百年を超える、日本が誇るクオリティーペーパーです」

佐伯は内心で、自分で言うかねと思いながらも頷いた。

「もし、我が社が身代金を直接要求されるようなことになれば、社会的影響は甚大なものがあります。そんな事態は何としても防がないといけません」

「すでにもう社会的事件になっています」

佐伯の言葉に岩井は一瞬むっとしたような顔をした。

「当然のことですが、我が社は身代金などは支払いません。ただ、世間にはその決断をよしとしない向きがあるのもたしかです。しかし仮に身代金を支払えば、世間の非難はさらに大きくなるでしょう」

「わかります」

「実際、今回、身代金の支払いを拒否した常日新聞とＪＨＫを非難する声が一部にあります」

「そのようですね」

「とんでもないことです。常日新聞とＪＨＫは当然の対応をしただけなのに、一部からとはいえ、なぜ非難を受けるのか。人質と全然関係のない企業が身代金の支払いを拒否した結果、人質が殺され、それにより企業のイメージが損なわれる事態になれば、これはもう社会が成り立ちません」

　佐伯は少しイライラしてきた。こんな建前論に付き合っている暇はない。岩井はさらに続けた。

「我々はこの事件は単なる誘拐事件とは考えておりません。これは社会の根幹を揺るがす事件です。だからこそ、最大の捜査員を投入して犯人逮捕にこぎつけてもらいたいと考えています」

「警察庁としてもこの事件を重要視しているのは同じです」佐伯は答えた。「おっしゃるとおり、これは単なる誘拐事件ではなく、すでに連続殺人事件になっています。本日、警視庁本部からも新たに百名の増員を決めたところです。さらに都内の各署にも応援を頼み、今日から徹底したローラー作戦を実施するつもりです」

「それを聞いて安心しました。ただ、それで十分でしょうか」

　佐伯は一瞬、えっと思った。

「さきほど申し上げたように、この事件は何が何でも解決しなければならない。百名の増員は評価しますが、それだけで警察が総力を挙げていると言えますか」

「お言葉ですが」佐伯は言った。「私どもは捜査に全力で取り組んでおります。ベストを尽くしていないような物言いは現場の捜査員に対しても失礼だと思いますよ」

「では、お訊きしますが、犯人の手掛かりはあるんですか。うちの記者からは、警察はまだ何の手掛かりも摑んでいないと聞いています」

「捜査に関しては、記者に言えることと言えないことがあります」

「私たちが心配しているのは、東光新聞に直接身代金が要求され、その結果、第三の殺人が起こることとです。これ以上の被害者を生むことは何が何でも避けなくてはいけないのです。我々が心配しているのはそこです」

佐伯は心の中で、何を偽善的なことを、と思った。君らが心配しているのは、人質の死ではなく、購読者の減少だろうが——。しかし、そのことはおくびにも出さなかった。

その時、ずっと黙っていた副社長の安田が口を開いた。

「もしこのまま犯人の跋扈《ばっこ》を許し、さらなる犯行を食い止めることができなければ、まことに不本意ではありますが、警察に対して批判的な記事を書かせていただくことになるかもしれません」

「批判的と言いますと」

「我々はずっとキャリア官僚の天下りを追いかけています。これまで他の役所のことは問題にしてきましたが、警察官僚に対してはどちらかと言えば敢えて書かなかったところもあります」

佐伯はかっとなった。天下りはお互い様だろうと思った。東光新聞を定年退職した連中が毎年、全国の有名大学の教授ポストにおさまっているのを知らないとでも思っているのか。もっともこれは東光新聞だけではない。私立大学の教授ポストは大手新聞社やテレビ局のＯＢたちの天下りの指定席になっている。

しかしその思いはぐっと呑み込んだ。新聞社と喧嘩をしてもいいことはひとつもない。彼らが本気になれば、官僚の人生に一撃を与えることくらい簡単にできる。少なくとも自分の、警察庁長官や警視総監への道は閉ざされる。いや、自分ひとりの問題ではすまない。部下の人生もある。

「捜査員をもっと投入したいのはやまやまなのですが、岩井社長や安田副社長もご存じのように凶悪事件は毎日起こっています。先月も東京だけで、認知された殺人事件は十一件、昨日も二件起こっています。現状、百名の増員はぎりぎりの数だとご理解いただきたい」

警視監に頭を下げられて、安田もそれ以上は何も言わなかった。

「とにかく、捜査を頑張っていただきたい。我々もできる限りの応援はいたします」

岩井は言った。

＊

「この事件は最終的にどういう形で決着するんでしょうね」

『週刊文砲《ぶんぽう》』のデスクの林原《はやしばら》が編集長の桑野《くわの》に言った。

「俺もそれを考えていた」桑野が答えた。「大和テレビも東光新聞も身代金をすんなり支払うとは思えないが、そうすると第三、第四の殺人が行なわれることになるな」

「ここで犯人がまた人質を殺したりしたら、もう身代金を要求する相手がいなくなりますよ。また新たに身代金を払えという会社名を挙げるのでしょうか」

桑野は「うーん」と唸った。

「意外に、人質を全員殺してお終《しま》い、なんて決着があるかもしれんね」

「犯人は最初から身代金を奪うつもりなんてなかったってことはないですか」

「どういうことだ」

「つまり、世の中を騒がせるのが目的というか、あるいは、人を殺すのが趣味だとか――」

桑野は「まさか」と言ったが、一瞬、そんな可能性もあるのかと思った。それくらいこの事件は謎に満ちている。

今やこの事件は国民的な関心を呼んでいた。新聞は連日、何らかの形で報道していたし、地上波のワイドショーには欠かせないネタになっていた。『週刊文砲』だけでなく、多くの雑誌が独自の特集を組んでいた。

中でも最も盛り上がっていたのはやはりネットだった。5ちゃんねるにはいくつものスレッドが立てられ、SNSでも一番の話題だった。ツイッターでは常にトレンドの上位に上がっていた。ネットの書き込みの多くは犯人に対する怒りだったが、事件そのものを面白がっている書き込みも少なからずあり、中には犯人を応援する書き込みもあった。まさに日本中が劇場型犯罪に呑み込まれているという感じだった。

『週刊文砲』も巻き込まれているもののひとつだなと、桑野は思った。

「編集長」

林原に呼ばれてはっとした。

「来週は誘拐事件の切り口をどうしましょう」

「東光新聞がこれまで、どれほど美しい偽善記事を書いてきたかを特集するのはどうだ。人命は何よりも尊いという過去記事を載せるというのは」

「それって、嫌がらせですね」

「違う。皮肉と言え」

「大和テレビはどうします？　『三十六時間テレビ』についてやりませんか」

「いいな」桑野は笑った。「前からあれは一度やりたかったんだ。大和テレビがその日一日だけで、いくら稼いでいるか、その金額を明らかにしてやろう。『愛は世界を変える』なんてふざけたキャッチコピーつけて、実はその裏でバカ儲けだ。あの偽善を暴いてやれ。それだけの金があるのに、ホームレスは見殺しにするのかって」

「いいですね」

「だろう」

桑野は言いながら、一瞬、これはもしかしたら誘拐犯を利することになるのかなという気がしたが、どうということはないと思い直した。うちは雑誌が売れさえすれば何でもいいんだ。

「けど、うちが誘拐犯に同じことをやられたらどうします？」

「一円だって払うかよ」

二人は大笑いした。

五月二十六日（十九日目）

その朝、「誘拐サイト」は、ついに大和テレビを名指しした身代金要求の声明を出した。

〈大和テレビ様

人質の身代金として八億円を要求します。すぐに返事をする必要はありません。一週

間後に、お答えください〉

これまでの常日新聞やJHKに向けての声明文とはまるで違っていた。一番大きな違いは、期限を三日から一週間に延ばしたことだ。それまでは有無を言わせぬ感じで、拒否すれば問答無用で人質を殺害すると宣言していたにもかかわらず、今回はそれがない。しかも、返事次第では期限を延ばしそうな含みもあった。

もうひとつ、これまでとの違いは文章全体が非常に短いことだった。とくに直前の声明とは打って変わって短い。その短さが、犯人の余裕を窺《うかが》わせるものか、逆に焦りからきているものなのか、心理学者や社会学者の間でも意見が分かれた。ネット上でも様々な解釈が出た。

刑事たちの間では、犯人が作戦を変えてきたのではないかという意見が大勢を占めた。最初は強硬路線で進めてはみたが、いずれも徹底した拒否に遭い、今までのやり方では通用しないと見て、やり口を変えてきたのではないか。

「犯人は六人の人質のうち、すでに二人を殺害しています。もし、これ以上殺すと、なんというか——殺すぞという脅しが効きにくくなるという気がするんです。それで、路線を変更したのではないでしょうか」

二階堂の言葉に多くの刑事が同意した。ひとり鈴村《すずむら》だけが首を傾《かし》げた。

「鈴村さんの考えはどうだ」大久保が訊いた。

「こんな言い方は不謹慎だが」と鈴村は言った。「最初の殺人は充分に効果的だった。いたずらか狂言だと思っていた世間に衝撃を与えると同時に、現実の事件だと知らしめたからだ。もしかしたら、最初の殺人は野球で言えば、打者の顔近くをめがけて投げたビーンボールのようなものだったのではないか。つまり究極の脅しだ」

「一理あるな」大久保が同意した。「たしかに最初の生首は衝撃的だったし、あれで世間の空気がいっぺんに変わった。ビーンボールというよりは、実際はデッドボールかもしれん。次もぶつけるぞ、というような。ただ、そうなると、二番目の殺人がわからない。最初の殺人で脅しの効果が得られたとすれば、二番目の殺人は無意味だ。そこはどうなんだ」

「もしかしたら、最初からＪＨＫからは身代金を奪うつもりがなかったのかも――」

鈴村の言葉は全員を驚かせた。

「じゃあ何か、ＪＨＫを脅したのは、二人目の男を殺すためだったって言うのか」

大久保が訊いた。

「その可能性も考えて捜査に当たるべきかもしれない」

その時、部屋に山下由香里《ゆかり》がやってきた。

「新宿署から送られてきた首の写真を元に、田中修の顔を修整してみました」

山下は何枚かプリントアウトした紙を皆に配った。

「お、全然、違う顔になったな」

「そうなんです。同じ男の顔には見えません」

修整した顔は、ほとんどなかった眉毛が太くなり、厚い唇が薄くなり、吊り上がった目は反対に垂れ気味になっていた。短く薄い髪はよくいるホームレスのようにぼさぼさ頭になっていた。

「これが実物の顔だとしたら、人質の動画を見て同じ人物とは気付かないな」

二階堂が言った。

その時、大久保は鈴村が写真を食い入るように眺めているのに気が付いた。

「鈴村さん、この顔に見覚えでもあるのか」

鈴村は「いや」と言って軽く首を振った。

大久保は頷くと、大きな声で全員に言った。

「これを公開して、あらためて目撃証人を探せ。それと、新聞社とテレビ局に送れ」

＊

常日新聞の副社長の尻谷英雄《ひでお》が新聞を読んでいると、秘書がドアをノックした。

「どうぞ」

女性秘書の飯岡恵《いいおかめぐみ》がドアを開けて恭《うやうや》しくお辞儀した。

「何だ」

尻谷はそう言いながら秘書の身体をゆっくりと眺めた。役員には皆、女性秘書が付いているが、飯岡はその中でも一番の美人だ。いずれ彼女は社長秘書となる。

「社長がお呼びです」

飯岡は涼やかな声で言った。

「社長が？　今すぐか」

「至急とのことでした」

また解約のことかと思った。営業からの報告では、すでに販売店では解約は二パーセント近い数に上っているという。大変な減収だが、経営責任は社長にある。尻谷は、自分が社長に就任する前に「誘拐サイト」の事件が起こって助かったと思った。

「すぐ行く」

尻谷は読みかけの新聞を机の上に広げたまま、立ち上がった。部屋を出る時に、飯岡に「今日はランチでもどうだ」と声をかけた。飯岡は一瞬遅れて、「お供いたします」と答えた。おそらく秘書仲間とランチの約束をしていたのだろうと思ったが、気にしなかった。

「社長、何か？」

社長室に入ると、気軽な感じで垣内栄次郎《かきうちえいじろう》に声を掛けた。

「ああ、尻谷君」

尻谷は「君付け」されたことで少し顔を曇らせた。これまで垣内には「さん付け」で呼ばれていたからだ。尻谷はソファに腰かけた。

「前もって言っておいた方がいいと思ってな」

垣内は尻谷の正面に座って切り出した。

「何でしょう」

「来月の株主を含めた役員会で、君は解任される」

尻谷は一瞬、言葉が出なかった。

「君も知っての通り、三万四千余りの解約報告が来ている。これはうちの定期購読者数の一・七パーセント近い。わずか十日でこの数字は大変なことだ」

「しかしそれは――」

「身代金を支払わないという決断に関しては、株主も理解している。問題は、それをいささか強引に進めたことだ。問答無用の拒絶は、人質の命を軽視していると受けとられても仕方がない」

「しかし、あれは社長も含めた役員の総意ではありませんか」

「私は、返信を急ぐことはないと言ったはずだが。他にもそう言った役員がいた。レコーダーの録音もある」

レコーダー？　あの時の役員会議は議事録を取らないという前提で行なわれたはずだ。役員の誰かがこっそりと録音していたのか。

「録音を聞いた大浜《おおはま》さんは大層お怒りだという」

大浜善次郎《ぜんじろう》は常日新聞の創業家の血を引く大株主だ。経営にはタッチせず、編集方針にも口は挟まないが、役員の人事に関しては絶対的な力を持っている。

「大浜さんに弁明させてください」

「無理だな」垣内はにべもなく言った。「君は前に息子さんのことで問題を起こしている。本来、あの時に君の役員昇格はかなり難しくなったが、大浜さんが息子は関係ないと言って、君の昇格を決めた。それに検察庁にも手をまわして、不起訴に持っていってくれた」

尻谷は下を向いた。

「君はその恩人の顔に泥を塗ったのだよ」

尻谷は嵌《は》められたと思った。しかしまだ挽回は可能だ。大浜に会って申し開きすれば、説得する自信はあった。

垣内は続けた。

「それと、人質のことで、意外な事実がわかった。社会部の記者が調べてわかったことだが、今回の人質のひとりは、君の息子が昔、襲ったホームレスだな」

尻谷は背中に嫌な汗が流れるのを感じた。垣内はにやりと笑った。

「その様子では、やはり知っていたんだな。もしかして君は、人質が殺されればいいと思っていたか」

「まさか、それは有り得ない」

尻谷は弁明したが、その声はかすれていた。

「では、まったく知らなかったと？」

「最初は知りませんでした。あの時の被害者だと気付いたのは、後日、週刊誌の報道です」

「だとしたら、君は自分の息子が大怪我をさせた人物の名前さえろくに憶えていなかったことになる。新聞社の役員としてという以前に、人としてどうなんだ」

垣内の言葉に、尻谷はがっくりと肩を落とした。

＊

大和テレビ社長の大森亮一《おおもりりょういち》は、誘拐犯が自社を名指しして身代金を要求してきたという役員からの報せを受けて、深いため息をついた。ついに恐れていたことがやってきた。

よりにもよって、どうして『三十六時間テレビ』の番宣を流す一ヵ月前に、こんなことになるんだと思った。どうせなら、もっと早い時期にやってもらいたかった。

民放である大和テレビはＪＨＫのように受信料で成り立っている局ではない。多少の批判は頭を下げていれば、すぐに通り過ぎていく。視聴者なんて、あっという間に忘れてくれる。大和テレビが気に食わないと思ったところで、好きなバラエティやドラマやアニメを我慢できるはずがない。中には筋を通そうとする頑固な奴もいるだろうが、そんなのは全視聴者から見ればゼロに等しい。

テレビ局にとって何より恐ろしいのはスポンサーだ。『三十六時間テレビ』の放送前のトラブルは何としても避けたい。視聴者は文句を言ったところで、どうせ番組を観《み》る。局に対する不満と観たい番組は別物なのだ。

しかしスポンサーはそういうわけにはいかない。彼らは視聴者からのクレームを何よりも恐れる。特に最近はネット上での評判を神経質なまでに気にするようになっている。ＳＮＳで番組が叩かれると代理店を通してクレームが入る。その気持ちはわかる。ゴールデンタイムの番組だと、十五秒のCMを何本か流すだけで、何億円もの金を払うのだ。その効果に少しでもマイナスになると思えば、文句のひとつも言いたくなるだろう。

CMには「ハローイフェクト」という不思議な効果がある。人気タレントやアイドルがその商品を手に取っているだけで、視聴者の目にはその商品も素晴らしいものに見えるのだ。その逆に、イメージの悪いタレントがその商品と一緒に写っているだけで、商品そのもののイメージも低下する。だからスキャンダルを起こしたタレントのCMはただちに放映中止になる。番組も同様で、やらせや不正が発覚すると、スポンサーが潮が引くように逃げていく。

『三十六時間テレビ』は大和テレビの看板番組であると同時に、昔から人気も絶大だ。提供をしたがるスポンサーは多い。しかし、ホームレスの命を救うための身代金を支払わず、「愛は世界を変える」というテーマそのものに偽善の疑いがかけられたら、スポンサーはどうするか——考えるまでもない。

『三十六時間テレビ』の放送中、ネット上は批判の嵐が吹き荒れるかもしれない。炎上効果で視聴率は逆によくなるかもしれないが、番組は火だるまとなる可能性がある。その痛手は決して小さくはない。ただでさえ、年々テレビの視聴率は下がり、それにつれてテレビのCM料金も下がっている。逆にネットのCMは増えている。そのネットで局の評判が下がればダメージはボディーブローのように効く。現在、大和テレビは民放でナンバーワンの立場にいるが、今回の誘拐事件の対応を誤ると、その地位も危うくなるかもしれない――。

大森は重い気持ちで役員会議に向かった。

＊

京橋署の刑事課長の大久保は最初耳を疑った。

「それは本当ですか」

あらためて訊きなおした。進藤《しんどう》署長は頷いた。

「俺も最初は驚いたよ。何しろ、本部の捜査員が倍になったんだからな。しかも一気に百名を増員した翌日に」

「それだけ本部が本気になったということですか」

「これは噂だが――」進藤は小声で言った。「昨日、長官に官邸から電話があったらしい。なんでも官房副長官からだったらしい」

「政府も焦っているということですか」

大久保の脳裏に昨日の国会中継で見た場面が蘇った。

「どうやら東光新聞が官邸に泣きついたということだ」

有り得ることだと思うと同時に、内心で現金な奴らだと感じた。日頃は反権力を標榜し、政権を激しく罵ることもあるのに、自分たちが困ると、捜査員を増員してくれと官邸に直訴までするのだから。

大久保の内心の憤懣《ふんまん》を察した進藤は、軽くその肩を叩いた。

「まあ官邸としても、東光に恩を売って損はないということだ。それにだ――」進藤はにやっと笑って言った。「捜査員の増員はこちらとしても願ったり叶ったりじゃないか。この人員でローラー作戦をかければ、犯人は必ず網にかかる」

「たしかにそうですね」

「しかしこうなったからには、何が何でもホシを挙げないと済まなくなったな」

「マル害は蒲田をねぐらにしていたホームレスだったようです」

聞き込みから捜査本部に戻った安藤が二階堂に報告した。

＊

山下が修整した田中修の写真を公開したところ、都内の二ヵ所のボランティアから「見覚えがある」という情報が寄せられた。早速、二ヵ所に二組の刑事が確認に行ったが、安藤は川崎市周辺のホームレスを支援している団体に行っていた。

「修整写真を見て、二人のボランティアが中村修《なかむらおさむ》というホームレスだと言いました。さらに蒲田周辺のホームレスに何人か当たりましたが、そのうちの三人が彼を覚えていました。いずれも中村と名乗っていたということです」

「中村修か――修という名前は同じだが、中村というのも偽名臭いな。とりあえず、データにないか調べてみよう」

二階堂の言葉に、山下がすぐにパソコンに向かった。

「中村は去年の十二月くらいからあのあたりに住み着いたようです。孤独で人嫌いらしく、どうも周りのホームレスと上手くやっていけなかったようです。ホームレスの中には、中村を気味悪がっていた者もいました。実はボランティアの一人も、同様の証言をしています」

「気味の悪い男か――」

その時、携帯で喋っていた捜査一課の刑事が「何ですって！」と大きな声を上げた。

「わかりました。すぐに確認します」

その刑事は電話を切ると、部屋の全員に向かって、「マル害の正体が割れたかもしれません」と言った。

大久保は「誰なんだ」と訊いた。

「今、埼玉県警の刑事からの電話だったのですが、昔、幼女殺しで捕まえた原口という男に似ているということです」

その瞬間、部屋にいた一人の刑事が「あっ」と声を上げた。彼は本部から来たベテラン刑事だった。

「そうだ、原口清だ。どこかで見た顔だと思っていた。あの事件は覚えている。三十年以上前の事件だ」

「すぐに本部に照会しろ！」

管理官の甲賀が怒鳴った。


まもなく警視庁の本部から原口清の資料が届いた。原口は三十三年前に埼玉県の上尾市で幼女を殺し、同年に逮捕されていた。資料とともに送られてきた写真は山下の作った修整写真よりは若かったが、よく似ていた。

「血液型も一緒だし、耳の形も同じだ。ほぼ間違いないな。もし三十三年前の毛髪が残っていたら、ＤＮＡ鑑定も可能だな」

「調べてみます」

「最終確認は必要だが、原口清の可能性は極めて高いと言えるな」

甲賀が期待に満ちた顔で言った。

「これが犯人逮捕にどう結び付くかわからないが、大きな手掛かりであることはたしかだ。犯人グループは原口の正体を知っていたふしがある。その理由は、顔をいじって、原口だとわからないようにしていることだ。謎なのは、犯人はどうやって原口と知ったのか、どうして彼の正体を秘匿しようとしたのか」

本部から来た一人の刑事が手を挙げた。

「一人目のマル害、松下和夫は子供を殺されていますが、その事件との関連性は考えられませんか」

その言葉に、部屋の中が騒然となった。

「そうだ。たしか『週刊文砲』に記事が出ていました。亡くなったのは小学校二年生の女の子だそうです」玉岡が言った。

「記録にもある」二階堂が言った。「今回、確認したから覚えている。たしか二十年前の事件だ。被疑者不明のまま迷宮入りになっている」

「松下の事件は原口が仮釈放された二日後に起こっています」安藤が資料を見ながら言った。

「先走るな」大久保が制した。「現時点で、松下の娘の事件と原口の関連を裏付けるものは何もないだろう」

「原口がいたのは熊本刑務所です。もしかしたら、距離が離れているということで、最初から捜査対象に入らなかったのかもしれません。あるいは引っ張るほどの容疑がなかったのかも」

「安藤と三田《みた》、当時、その事件を担当した刑事に当たれ」

二人は「了解」と答えて、すぐに部屋を飛び出した。

「最初に殺された人質がかつて娘を殺され、次に殺された人質が過去に幼女殺しで懲役刑を受けている——これは偶然の一致と見ていいのか」

大久保が自問するように言った。

「どう見ても不自然ですよね」

二階堂が大久保の疑問を後押しするように言った。

「うん」大久保は言った。「偶然でないとしたら、どういう関係があるのか。そこが犯人に迫るポイントかもしれない」

「復讐じゃないでしょうか」

玉岡が手を挙げて言った。

「復讐？」

「松下がなんらかのきっかけで、原口が自分の娘を殺したことを知ったんです。それで原口を殺すために人質にして殺したんじゃないでしょうか」

「お前、バカか！」

二階堂が呆れたように言った。

「松下自身も人質になってるんだよ。それに松下の方が先に殺されている。これはトリックじゃねえ。ホームレスの松下が、自分の娘を殺したのが原口だってどうやってわかるんだよ。第一、警察の捜査線上にも浮かんでこなかったんだぞ。前から言おうと思ってたんだが、お前、口に出して言う前に、一度頭の中で考えてから喋れ」

部屋にいた全員が笑ったが、鈴村だけが笑わなかった。

「ところで課長」と二階堂は言った。「もし原口清だという確認が取れたら、そのことをいつ発表しましょうか」

大久保は腕組みした。

「発表してまずいものじゃないが、わざわざ記者会見で発表するようなことでもないだろう。今頃になってやっとわかったのかと言われても癪《しゃく》に障る」

何人かの刑事が苦笑した。実際、原口の名前が出てきたのはたった今だったからだ。

「二階堂」と大久保が言った。「お前、東光新聞の記者で親しいのがいたな」

「親しくはないですが、たまに情報交換をしています」

「よし、そいつにリークしろ。京橋署はだいぶ前から原口の前科《マエ》も調べていたと」

＊

その日の『二時の部屋』は誘拐犯に対する激しい非難に終始した。

ゲストのコメンテーターたちが口々に犯人の卑劣さを糾弾した。また過去の身代金目的の誘拐事件を特集し、人命を盾に取る犯罪がいかに憎むべきものであるかを強調した。

特集の中で最も時間を割いたのは一九七七年に起きたダッカ空港の事件だった。過激派グループが日本航空の472便をハイジャックし、日本政府に六百万ドル（当時のレートで約十六億円）を要求、さらに獄中にいた凶悪犯の釈放を求めた事件だ。当時、福《ふく》田《だ》赳夫《たけお》首相は「一人の生命は地球よりも重い」という言葉を発し、超法規的措置で犯人の要求をすべて呑んだ。

司会のチェリー本村《もとむら》は深刻な表情で言った。

「この時の日本政府のやり方は世界中で非難されました。誘拐犯に大金を与えて、みすみす逃がすなんて、世界の常識では有り得ないからです」

「そういうことです」ゲストのヤメ検弁護士の倉持譲二《くらもちじょうじ》が言った。「こういう犯罪の成功例を残すと、また同じ犯罪が起こります。その意味では、ダッカ事件において、福田首相は完全に誤った判断をしました。事実、これ以後、海外で日本人が狙われるケースが増えました。誘拐犯には断固とした態度で臨むというのは世界の常識ですね」

「その通りですわ」

同じくゲストの作家、八田尚義《はったなおよし》が大きな声で言った。

「だいたい、人命は地球よりも重いなんちゅうのは、小説家のレトリックでね。命の大切さを謳《うた》った比喩に過ぎないわけや。ほんまに人命が地球よりも重かったら、えらいことになるで。交通事故のたびに車と一緒に地球が壊れてるんかって話で」

何人かが笑った。

「つまり、倉持さん、こういうことですか」本村が訊いた。「誘拐事件においては、人命も大事ですが、それ以上に大事なことは犯人の要求を呑まないことだと」

八田が「当たり前やんけ」と言ったが、倉持はそれには反応せずに答えた。

「繰り返しになりますが、犯人の要求を呑むということは、犯罪者たちに、これはビジネスになるという成功体験を与えることになり、第二、第三の事件を誘発する可能性が高まります。身代金目的の誘拐は割に合わないということを世の中に知らしめることによって、犯罪を未然に防ぐことも大事なのです」

「ちょっと露骨すぎるかな」

モニターを見ながら吹石が言った。

「いえ、そんなことはないと思います」構成作家の井場がノートパソコンを見ながら言った。「ネットでは、うちの番組の言う通りだという声が多いです」

「批判はないか」

「若干数あります。大和テレビは身代金を払いたくないから番組で必死に言い訳してる、というのもあります」

「世の中には鋭い奴もいるな」吹石は苦笑した。

「でも、少数派ですよ」

「そうでないと困るよ。テレビ局の意図を汲み取れる鋭い連中が多数派なら、テレビなんてとっくにオワコンになっているさ」

吹石はそう言って笑った。

「ところで、懸賞金を出すという話はどうなりました」井場が訊いた。

「考査がノーと言ってきたよ。法的には問題はないが、テレビ局が私的な懸賞金を出すのは好ましくないだとさ」

「残念ですね。懸賞金三百万円くらい出したら、番組も盛り上がるのに」

「まったくだ」吹石は吐き捨てるように言った。「視聴率も取れるのに。上はテレビのことを何もわかってない。バカばっかりだよ」

*

東光新聞社会部デスクの斎藤《さいとう》のスマートフォンの呼び出し音が鳴ったのは、二十二時過ぎだった。画面を見ると、記者の三矢《みつや》陽子《ようこ》だった。

「すごい特ダネを摑みましたよ」

通話ボタンを押した途端、興奮した声が聞こえてきた。

「誘拐ネタか」

「はい。さっきまで京橋署の刑事と飲んでいたんですが、びっくりするようなことを教えてくれました。新宿で発見された首、田中修という人物の本名は原口清で、殺人の前《マ》科《エ》のある男です」

「本当か！」

「ほぼ間違いないそうです」

「裏が取れているのか」

「別の刑事にも当たってみたんですが、否定はされませんでした。殺人の前《マ》科《エ》があれば写真もあるはずです。原口は原っぱの原に口紅の口、清はさんずいに青です」

「よし、原口清のことはこっちで調べる。確証があれば、朝刊に載せる」

「お願いします」

「ところで、京橋署はいつから摑んでいたんだ」

「彼が殺される前からのようです」

「なぜ、発表しなかったんだ」

「確認が取れなかったからだそうです」

「よし、紙面を空けておくから。すぐに戻れ」

三矢が社に戻ると、デスクの斎藤がやってきて言った。

「原口清の事件は一九××年に起こっている。当時、うちの紙面でも取り上げていた。事件の詳細を書いたものを用意しておいた」

「ありがとうございます」

「それで、ひとつ気になったことがある」

「何ですか？」

「最初に殺された松下和夫な、彼は二十年前に娘を殺されている。その事件は未解決だ」

「そうでしたね」三矢は言った。「それっておかしな偶然ですよね」

「たしかに何となく気持ち悪い符合でもあるな」

「原口が松下の娘を殺した可能性はないでしょうか。性犯罪者って再犯率が高いって言いますから」

「しかしそれは書くな。匂わせるのも駄目だ。そんなことをやれば、三流週刊誌の記事みたいになる。うちは下品な週刊誌とは違うんだから、あくまで事実だけを淡々と書け」

「はい」

三矢は自分の席に座り、ノートパソコンを開いた。

五月二十七日（二十日目）

「高井田さん、これを見てください」

石垣が東光新聞の朝刊を見せた。一面に「ホームレス誘拐事件の被害者の一人の身元が判明」という見出しがあった。記事には、田中修は本名を原口清といい、前科のある男ということも書かれていた。ただ、罪状については書かれていなかった。

「東光新聞のスクープですが、よくわかりましたね」石垣が感心したように言った。

「おそらく警察のリークだ」高井田は何でもないことのように言った。「ただ、思っていたより早かったたな」

「記事には幼女殺しのことは書いてないし、松下さんの事件にも触れていません」

「しかし警察はおそらくそれとの関連についても調べているはずだ」

高井田の言葉に、影山たちは不安な表情をした。ここまで順調に来ていた計画が、初めてわずかな狂いを見せたのだ。

「心配するな」高井田は言った。「原口の正体がバレることは想定内だ。幸運だったのは松下さんが先に亡くなっていたことだ。もし警察が復讐の線で推理するなら、その点で逆に混乱するはずだ」

石垣は「たしかに」と言った。「復讐する人間が先に殺されるって話は有り得ないですからね。ということは、単なる偶然の一致という結論になるかも」

影山と大友も頷いた。

「それと」高井田は言った。「殺された男が原口だと判明したなら、逆にそれを利用する手もある」

「それは何ですか」石垣が尋ねた。

「IPアドレスを辿られずに5ちゃんねるに書き込むことはできるか」

「簡単なことです」

＊

「なんだかすごい展開になってきましたね」

『二時の部屋』の朝の企画会議の席上で、チーフディレクターの野口が吹石に言った。

吹石は「まったくだ」と答えた。

「まさか、被害者が犯罪者だったなんて、もうめちゃくちゃすぎますよね」

総合演出の真鍋が笑った。

「幼女殺しでしょう。今日の東光新聞に載ってましたね」構成作家の井場が言った。

「ネットで検索したんですが、ひどい事件ですよね」

「5ちゃんねるにめちゃくちゃ詳しく書かれていたよ」真鍋が言った。「法曹関係者が書いたのかというくらい詳しかったよ」

「そんなに悪い奴だったのですか」

「鬼畜だよ」真鍋は吐き捨てるように言った。「俺も小さい娘がいるから、そういう犯罪は絶対に許せない。こんな言い方はなんだが、少なくとも原口清という男に関しては殺されて当然だと思った」

「俺も5ちゃんねるのまとめを見たけど、原口は捕まった事件以外にも疑惑があるらしいね」井場が言った。

「そうなのか」吹石が訊いた。

「ええ、起訴されてないだけで。もし、本当ならマジで鬼畜だね」

「ということは、誘拐犯が正義の鉄槌を下したってことになりますね」構成作家の大林が笑いながら言った。「今日は、これをやりましょうよ。吹石さん」

「5ちゃんねるの情報を鵜呑みにするのはどうかと思うよ」

「いや、出所は5ちゃんねるですが、今から裁判記録を調べれば裏を取れます」

「間に合わないだろ」

「裏を取るだけですから、今から行けば本番までに間に合います。台本はそれまでに上げておきます」

　吹石は頭の中で想定した。もし、原口清が真鍋の言うように鬼畜のような犯罪者であるということを番組で流した場合、それを観た視聴者はどう感じるだろうか。多くの者は、こんな奴は死んでもいいと思うだろう。すると、彼を処刑した犯人に対する心情も微妙に変化しかねない。それはまずいのではないか。制作部長からは、犯人に対する憎悪を煽《あお》れと指示されている。極悪人の原口を殺した犯人たちが免責されるようなイメージを与えるのはよくない。

「原口の件は東光新聞のスクープのようだが」と吹石は言った。「まだ完全に裏が取れていない。原口という男が幼女殺しの犯人というのはたしかなようだが、殺された人質が原口本人であるという警察発表もまだない」

「けど、東光新聞が飛ばし記事を書きますかね。東都《とうと》スポーツとは違いますよ」

「テレビは影響が大きいんだよ。今の段階では慎重になるべきだ。何と言っても、うちは当事者なんだからな」

吹石の強い口調に大林は黙った。

*

「取材は丁重に断られました」

『週刊文砲』の記者の森田《もりた》は編集長の桑野に報告した。

「もうそっとしておいてほしいということでした」

「そうだろうな。三十年以上も経って、娘を殺した男がいきなり首だけ死体になって現れて、感想を聞かせてくれと言っても、喋りたくはないだろう」

「はい。ご両親ともに六十歳を超えていて、うちの両親と同じくらいの年なので、強くは粘れませんでした。でも、当時の悲しい思い出を掘り起こされたのは気の毒ですが、娘を手に掛けた男が殺されたというニュースは二人をホッとさせたかもしれません」

「遺族が今回の事件に関係しているということはないか」

「それはないです」森田は少しむっとして答えた。「一応周辺を探ってみましたが、父親は再就職先の警備会社に毎日勤務していますし、母親も近所のスーパーでほぼ毎日勤務しています」

「気を悪くするな」桑野は言った。「俺だって疑っているわけじゃない。しかし週刊誌記者はあらゆることを疑うのが仕事だ。可能性が一ミリでもあれば、食いつく」

森田は黙って頷いた。

「ところで、原口の名前が出たことで、ネットでは大騒ぎになっているな」

「はい。わずか一日で、当時の事件の詳細までもう全部出ています。あらためてネット民の凄さを知りました」

「面白いのは、ちょっと潮目が変わったことだ」

「潮目——ですか」

「ネットを見ていると、誘拐犯グッジョブという声が多いんだよ」

「けど、奴らは殺人犯ですよ」

「大衆の心理というのは、ちょっとしたきっかけで変化するんだよ」

森田が「本当ですね」としみじみとした口調で言った。

「あと、警察批判の声もちらほら出てきたな。ネットなんかでも厳しい意見が出ている」

「そりゃそうでしょうね。こんな劇場型犯罪で、犯人に振り回されて、人質を二人も殺されてるんですから。しかも解決の目途《めど》も立ってないなんて。国会のカミツキガメに無能と言われても仕方がないですよ」

桑野は苦笑した。

「今、森田は劇場型犯罪と言ったが、それで言えば、犯人は舞台に立たない演出家と言える。まったく姿を現していないのだから、圧倒的に有利だ。警察が後手に回るのも無理はない」

「じゃあ、このまま犯人は逃げおおせますか」

桑野は少し考えて言った。

「営利誘拐事件の犯人の目的は金を奪うことだ。誘拐や殺人じゃない。最終的には、金を奪いにやってくる。つまり、最後は舞台に姿を現さざるを得ない。勝負はそこだろうな」

五月二十八日（二十一日目）

その朝、「誘拐サイト」が新しい声明を出した。
〈東光新聞様へ
身代金七億円を要求します。

〈返信期限は三日です〉


玉岡は捜査本部の部屋に入りながら、先輩の安藤に言った。

「今回はいっそう簡単な文章になりましたね。なんか電報みたいですね」

「カネオクレよりはましだろう」

その会話を聞いた刑事たちが笑った。

全員が揃ったところで、捜査会議が始まった。

「本日、犯人から新たな声明があったが、その前に、聞き込みの進捗状況を報告してもらいたい」

管理官の甲賀が切り出すと、刑事たちが昨日の聞き込みの報告をした。いまだ重要な手掛かりはなく、誰がどの地区を廻ったかというものだった。

「これが現在、聞き込みが終わった地区です。怪しげな男が出入りしているマンションの部屋や一軒家がないかを周辺の住人に訊いていますが、今のところめぼしい情報はありません。もちろん、組織的な犯行である場合も想定して、倉庫なども捜索しています」

安藤がそう言って新聞紙一面くらいの地図を机の上に広げた。聞き込みが終わった地区が赤く塗りつぶされているが、まだ二十三区内の十分の一にも満たない。

「まだまだ先は長いな」

「神奈川県警と千葉県警と埼玉県警にも依頼していますが、今のところ、これはという情報は入ってきていません」

一見すると捜査はまるで進展していないようだが、そうでないことは二階堂をはじめ刑事たちは知っていた。犯人はおそらく首都圏にいる。そのエリアをひとつずつ潰していけば、いつかは犯人に辿り着くはずだ。捜査というものはそういうものだった。探偵小説のように、名推理で犯人に一気に辿り着くなんてことは現実にはない。地道な捜査で摑んだちょっとした手掛かりから犯人逮捕につながることがほとんどだった。挙動不審な人物への職質から指名手配の犯人を検挙したことも何度もある。人質を含めて十人前後の男たちが一ヵ月以上生活しているのだ。どんなに注意深く生活していても、周辺に住む人たちにまったく気取られないでいることは難しい。現在も四百名を超える捜査員が街を歩いている。もしかしたらこれまでにも犯人とすれ違っているかもしれないのだ。

「さて、本日の犯人の声明文だが、この文章の短さをどう見る」

聞き込みの報告を受けた後、大久保が刑事たちに意見を求めた。

本部から来た捜査一課の石山《いしやま》が手を挙げた。

「なんというか、ちょっと投げやりな感じに見えますね。大和テレビの時は一週間の期限を与えておいて、その二日後のこの声明では三日ですからね。一貫性がないというか、適当になった感じがしますね」

「犯人も精神的に疲れてきているのかもしれませんね」

捜査一課の他の刑事が同調した。

「そういう場合はむしろ危険ですね」二階堂は言った。「過去の誘拐事件でも、犯人の方が長期戦に持ちこたえられなくなって、人質の処置に困って殺してしまうというケースがあります。人質をずっとそばに置いておくのは犯人にとってもリスクが高い」

「というか、他の人質は今も無事なんでしょうか」

玉岡の言葉に、部屋全体が一瞬しーんとなった。

「たしかに、最初は人質の動画をアップしていたが、もう十日以上、他の人質の安否に関しては無言だな」

大久保が頷きながら言った。それを受けて二階堂が言った。

「子供でも人質として置いておくのは危険が少なくないのに、大人を四人も監禁し続けるのは楽じゃないですね」

「そうですよ。ぼくが犯人なら、さっさと処分しますね」

玉岡は言ってしまってから、まずいと思ったのか慌てて「もちろん、冗談ですよ」と手を左右に振った。本部から来た刑事が発言した。

「あまり考えたくない仮定ですが、残りの人質が殺されていた場合、アジトは引き払われて、犯人たちは分散している可能性もありますね」

部屋の中は一瞬重い空気になった。犯人が別々に行動していたら、聞き込みの対象があまりにも漠然としてしまう。都会の一人暮らしなどは普通のことだからだ。

「犯人は人質を殺してはいない」

鈴村が初めて口を開いた。皆が彼に目を向けた。

「犯人はここまで実に用意周到に行なっている。おそらく二人の人質を殺したのも彼らの計画通りと思われる。ここにきて人質の扱いに困って処分するなどということは考えられない」

大久保が「ふむ」と言った。

「捜査はあらゆる可能性を考えなくてはならないが、現時点では、当初の目論見《もくろみ》通り、複数人で生活しているグループを対象として聞き込みを続けよう」

*

その日の東光新聞の役員会議の空気は初めから重苦しかった。

会議のテーマは「誘拐サイト」への返信をどうするかだった。今朝、社長宛に、誘拐サイトからパスワードが書かれた手紙が三通届いていた。おそらく郵便事故を考えての保険であろうと思われた。三通とも別の郵便局の消印が押されていた。

以前、役員たちの間で身代金拒否の姿勢は確認済みだったが、今や状況は大きく変わっている。そのために緊急に開かれた会議だった。大阪の役員もテレビ電話で会議に出席した。

役員たちを悩ませていたのは、彼らが独自ルートで手に入れた常日新聞の購読者数の変化だった。一人目の殺害があって一週間で、定期購読者の推定二パーセント近くが契約解除をしたというデータがあった。もし、常日新聞と同様の対応を取れば、東光新聞にも同じことが起きる可能性が高い。

役員たちは二パーセントという数字がいかに大きなものであるかを知っていた。先月末現在で定期購読数は約三百八十七万部、その二パーセントということは、約七万七千部、金額にして三十五億円以上の減収になる。また購読者が二パーセント減るということは、広告料金にも影響する。つまり損失は三十五億円にとどまらないということだ。

社長の岩井保雄《やすお》もそのことを考えていた。常日新聞は、サイト上に断固拒否するというメッセージを載せた。その姿勢に賛同する読者も多くいたが、一方で、大新聞の冷たさを感じ取った読者も少なくなかった。犯罪に与《くみ》しないという大義名分のもと、ホームレスを見殺しにしたという声も少なくなかったのだ。ネットでも同様の意見が散見された。これがメーカーや商社などの企業なら別だったかもしれない。日頃、「社会の木《ぼく》鐸《たく》」を任じ、社会正義を高らかに謳い、人権や命の尊さを何よりも訴えてきた新聞社だけに、その偽善性が疑われることになったのかもしれない。

「皆も知ってるように、誘拐サイトから直接、我が社に身代金要求の声明があった。返信の期限は三日という。これに関して、皆さんの意見を聞きたい」

岩井が役員たちの顔を見渡して言った。

しかし誰も自分から口火を切ろうとしなかった。ここで下手《へた》なことを言って、その言質《げんち》を取られて後で責任を追及されてはたまらないと思っているのは容易にわかった。その日新聞の副社長の尻谷が近々解任されるという情報は東光新聞の役員たちも知っていた。常尻谷は慎重論を唱える社長や役員たちを抑えつけ、厳しい姿勢で臨んでいたということも噂で伝わっていた。

岩井は前日に、社主の森安耀司《もりやすようじ》の意向を訊いておきたいと思い、連絡を入れたが、森安は海外旅行中で繫がらなかった。家人に投宿予定のホテルを訊き、ファックスを送っていたが、会議が始まるまで連絡がなかった。こうなったら、役員会議だけで決めなければならない。その決定が、後日、森安の怒りに触れたら、それまでだ。最悪、社長を解任されるかもしれない。そうなれば、どこかの大学教授にでもなって余生を送ればいい。貯蓄は充分にあるし、生活の心配は死ぬまでまったくない。気がかりは、現在、社会部の次長をやっている息子の健司《けんじ》だ。父親が解任された後は、おそらく出世コースから外れるだろう。

「誰か意見はないのか」

岩井は言った。役員たちは岩井から目線を逸らした。

「安田君はどうすべきと思うか」

岩井は副社長の安田常正《つねまさ》を名指しした。

「この事案は非常に難しい問題です」安田は神妙な顔で言った。「人命を盾にして身代金を要求する犯罪は、最も忌むべきもののひとつです。社会の治安と正義を守るためにも、身代金を払うべきではないのは当然ですが、一方、人質の命も非常に大切です。それだけに慎重な議論が必要だろうと思います」

岩井は心の中でため息をついた。もっともらしい言葉を連ねてはいるが、何も言っていないに等しい。うちの新聞の社説じゃないんだから、もっとはっきり言えよと思ったが、それは口にしなかった。

「橋爪《はしづめ》君はどう思う？」

常務の橋爪に訊いた。

「そうですね。身代金を払わないのは当然と言えば当然なのかもしれませんが、はたして人の命を金で買えるかという倫理的な問題もあり、新聞社としての役割を考えた場合、一般社会の考えと、警察との連携なども含めて、早急に結論を出すのは必ずしも賢明な策であるとは言えないとも限らないと——私は思わないでもありません」

こいつも同じだ。まるで政治家の答弁だ。

「もっと簡潔に言ってくれないか」

「ええと——犯人への返信のタイミングは慎重になるべきだと思います」

岩井は心の中で、そんなこと一言も言っていなかったじゃないかと思ったが、「なるほどね」と答えた。

その時、受付から、京橋署から刑事が訪ねてきたという知らせがあった。腕時計を見ると、約束の時間ちょうどだった。岩井は通してくれと言った。

まもなく二人の刑事がやってきた。

「京橋署の二階堂と申します」

「同じく三田です」

岩井は京橋署が平刑事を寄越したことに、内心少しむっとした。東光新聞の社長を訪ねるなら署長、少なくとも刑事課長以上が筋だろうと思ったからだ。

「今、ちょうど、犯人に対して、どう対応しようかと会議を開いていたところです」

副社長の安田が言った。

「どういう結論になりましたか」

二階堂が訊いた。

「身代金を払わないのは変わりませんが、返信をすべきか、もしするなら、どのような文面にすべきかなどを、検討していました」

「犯人から返信用のパスワードは送られてきてるんですね」

「はい、三通あります。内容は全部、同じです」

岩井は便箋を見せた。

「もちろん、これはコピーです。現物は別のところに保管してあります。警察の方に渡せるように」

「ご配慮、ありがとうございます」

「ところで、刑事さん」安田が不安げな顔で訊いた。「私たちはどう返信すればいいでしょうか」

「そのことなんですが」二階堂は言った。「東光新聞さんの意向を伝える前に、人質の安否を質問していただけないでしょうか」

「はい。実はしばらく人質の動画がアップされていません。人質は現在も無事なのか、それが確認できていないわけです」

「たしかに――」安田が言った。「人質の安否が保証されていないのに、身代金を払うとは言えないですよね」

二階堂は頷いた。

「すでに人質は死んでいる可能性があると見ているのですか？」岩井が訊いた。

「そうは考えておりません。ただ、人質の安否が最優先ですので、その確認は重要です」

「わかりました。もし犯人に返信する場合はそのことを尋ねます。他に何か犯人に言うべきことはありますか」

「犯人に、なぜ東光新聞に身代金を要求したのか、また、その金額の根拠を尋ねてください」

「たしかに、それは大いに気になります。しかしその質問をしたとして、犯人が答えてくれるでしょうか。その答えが何か手掛かりになるんでしょうか」

「我々としては、どんなことでもいいから情報がほしいのです。犯人に何かしら喋らせることによって、手掛かりが摑めるかもしれません」

このアイデアを出したのは鈴村だった。大久保がすぐにそれを採用した。犯人との交渉から、その思考回路が見えてくる可能性がある。またこちらから質問を投げかけることによって、これまで一方的に犯人ペースで進められてきた流れを変えるという意味もあった。

「刑事さん、いいアドバイスをありがとう」岩井が言った。「参考にさせていただく」

二階堂らが去った後、岩井は役員たちに向かって「犯人に返信する」と告げた。

「身代金を払うつもりはないが、人質の安否を尋ねるのは新聞社として当然だからだ」

役員たちの中で反対する者はいなかった。返信の文言は編集委員が考えるということで、会議は終わった。

岩井は社長室に戻ると、急に疲れに襲われた。椅子に大きく背中を凭《もた》せかけた。しばらく何をする気も起こらなかった。

それでも頭だけは冴えていた。警察の言うように、犯人との交渉ではたして有効な何かが得られるのだろうか。時間を稼ぐ意味ではそれなりの効果はあるだろう。警察は今、大々的なローラー作戦を行なっていると聞く。官邸に揺さぶりをかけた効果もあり、捜査員は一挙に倍増された。時間を稼いだことで解決につながればいいが、もし逮捕できず、しかも交渉が裏目に出たらどうなる。

ローラー作戦の有効性については疑問を持っていた。かつて「グリコ森永《もりなが》事件」の時、自分は駆け出しの記者だった。あの時、警察は延べ何万人という捜査員を投入してローラー作戦を行なったが、犯人逮捕には至らなかった。

日本の警察はたしかに優秀で検挙率も高いが、それは単純な粗暴犯や計画性のない犯罪者に対してだけで、今回のような知恵と計画を兼ね備えた犯人に対しては、はたしてどうなのか。岩井の目には、今のところ犯人側が圧倒的有利に見える。犯人を逮捕できず、人質の命が奪われるようなことになれば――そう常日新聞やＪＨＫの時と同じように――その時は、会社は大きなダメージを蒙《こうむ》るし、自分もまた無事ではおれないだろう。

その時、秘書からインターホンで「お届け物があります」という知らせが入った。

「持ってきてくれ」と言うと、まもなく、秘書が封筒を入れたクリアファイルを持ってやってきた。

「今、届いたものです。差出人の名前が気になったもので、すぐにお持ちしました」

岩井はクリアファイルの上から封筒を見た。宛先は東光新聞社長岩井保雄様となっている。速達で「親展」と記されていた。裏を見ると、差出人のところに「松下和夫」という名前が書かれていた。どこかで見た名前のような気がするが、すぐには思い出せない。

「知人ではない」

「いたずらかもしれませんが――その名前は、例の誘拐サイトの人質の名前です」

岩井はもう一度名前を見た。そうだった――最初に殺された男の名前だ。

彼は慌ててファイルから封筒を取り出そうとして、秘書に止められた。

「指紋が付きます」

彼女はそう言って、白い布手袋とハサミを差し出した。岩井は秘書の配慮と機転に感心すると同時に、落ち着きを取り戻した。

「ありがとう。下がっていいよ」

秘書は「失礼いたします」と言って、退出した。

岩井はドアが閉まったのを確認して、手袋をはめて、封筒を取り出した。人質の名前はおそらくダミーとして書いたものだろう。ハサミで封筒を切り、便箋を慎重に取り出した。

一読して顔色が変わった。

そこには次のような文章が印刷されていた。

『岩井保雄社長、
私たちはあなたと秘密裏に交渉したいと考えています。
この交渉は双方にとって、大いに利益があるものと考えています。
逆に言えば、この交渉に応じる以外、御社はダメージを避けられないでしょう。
交渉に応じる用意があるなら、同封のアドレスにメールをください』

岩井は一瞬、さきほどの刑事とのやりとりを見られていたのかと思ったが、時系列的に有り得ないことにすぐ気付いた。手紙が投函された日は昨日だった。それでもしばらく動揺が収まらなかった。

アドレスが書かれた紙には、「参考までに」という言葉の下に、誘拐サイトの返信用パスワードが書かれてあった。これは犯人しか知りえない。つまり自分が今読んでいる手紙は紛れもなく犯人からのものであるという証明になっていた。

岩井はもう一度、手紙を読み直した。今度は一文字一文字、確認するように読んだ。犯人の意図がおぼろげながら見えてきた。彼らの言う「この交渉」とは、身代金についてのことだろう。そしてそれは誘拐サイト上でのやりとりとは別の形での交渉を暗示していた。犯人は「双方に利益がある」と書いているが、勝手な言い草だと思った。犯人側に一方的に大きな利益があるはずだ。こんなものに易々と乗せられてたまるか。

岩井は自分がなすべきことはわかっていた。それは今すぐに警察にこの手紙を提出し、すべてを捜査機関に委ねることだ。しかしそれを押しとどめるもう一人の自分がいた。その理由は「この交渉に応じる以外、御社はダメージを避けられないでしょう」という文言にあった。その文言が毒のように全身にしみこんでくるのを感じた。警察に届け出たら、犯人は二度と交渉しないだろう。その結果はどうなる——常日新聞がすでに証明していているではないか。

この手紙はもしかすると会社と自分を救うチャンスであるかもしれないと思った。とはいえ、そのチャンスは限りなく小さく見える。しかし警察に手紙を渡せば、その小さなチャンスさえ永久に失われることになる。はたしてそれでいいのか——。

岩井はしばらく熟考したが結論は出なかった。やがて秘書室のインターホンのボタンを押し、「副社長らを呼ぶように」と告げた。

*

「こういう雑居ビルが一番怪しいんだよな」

玉岡は七階建ての古いビルを見上げて言った。

「そうなんですか」

伊東真由美《いとうまゆみ》は感心したように言った。伊東はこの春に京橋署に配属された新人の巡査だったが、二日前から玉岡と組んでローラー作戦の聞き込みをしていた。二人とも私服だった。

「このあたりはこういう怪しげなビルが多いんだよ。やくざが住んでいたり、ホストがいたり、裏ＤＶＤなんかを売っている店もある。まともな奴があまりいないし、こういうビルは普通のファミリーは住まない。だから、隣近所との交流なんかもない」

「玉岡さんは詳しいんですね」

「これでも刑事を長年やってるからな」

「じゃあ、行きましょうか」

伊東は早足で雑居ビルの入り口に向かった。玉岡はやれやれという感じでその後を追った。伊東が初めての経験で張り切っているのはわかるが、こんな聞き込みで何か手掛かりを得られることなんかまずない。それに自分の勘では犯人は都内にはいない。捜査の目を都内に釘付けにしておいて、実は埼玉や千葉あたりに潜伏しているのではないかと思っているのだ。もちろん都内の線がないわけではないが、都心はない。首が見つかった渋谷や新宿とあまりにも近いからだ。犯罪者というのは考えの足りない奴が多いが、いくらなんでも、自分が住んでいる近所に首は捨てないだろう。だから、この聞き込みは言うなれば、可能性がない場所を塗りつぶす作業だ。こうやって地道に塗りつぶしていけば、残る場所に犯人のアジトがある可能性が高くなる。その意味では聞き込みの重要性も理解していたが、こんな仕事は交番の巡査がやればいいと思っていた。

玉岡はビルに入る時、エレベーターホールで防犯カメラの位置を確認した。ずいぶん旧式のものだ。はたしてちゃんと作動しているのかと思った。こういうぼろい建物に設置されているカメラはダミーのものもままある。

その時、一人の長髪の男がホールに入ってきた。革ジャンを着た背の高い男で、年のころは五十歳くらいに見えた。玉岡が男を見ていると、男は突然スマートフォンを取り出して、「あ、もしもし」と言いながら、玉岡から背を向けた。何か不自然な感じがしたので、玉岡は男が電話を終えたら職質しようと思った。その時、「先輩。エレベーターが来ました」と伊東が呼んだ。ま、いいかと玉岡はエレベーターに乗った。

エレベーターのドアが閉まると、伊東が「今の人、臭《にお》いますよね」と言った。玉岡は驚いた。

「お前もそう思ったか」

「ええ、私、昔から鼻だけはすごくよくて、犬なみって言われていたんです。だから、このエレベーターの中も臭《くさ》くて――」

伊東はそう言いながら鼻を指でつまんだ。玉岡は内心で苦笑しながら、そう言えばあの男の身体からはゴミみたいな臭いがしたなと思った。

「二階から行きます？　それとも七階から行きます？」伊東が訊いた。

「そうだな、上から降りていこうか」

「はい」

これから一軒ずつ部屋を訪ねて、聞き込みを開始するわけだが、便利なのは伊東がいることだった。まずインターホンを彼女に押させる。その時、自分は少し離れたところにいる。カメラに女一人しか写っていなかったら、ドアを開けてくれる可能性が一気に高くなる。というよりも、男二人で突然インターホンを鳴らしたら、居留守を使われるケースは少なくない。たとえば裏ＤＶＤを売っている店などは、警察を極度に恐れているので、男二人の場合はまず出ない。だから裏ＤＶＤを買う時は必ず一人で行く。

もっとも犯人が潜んでいる部屋なら、女が一人でやってきても反応することはまずない。自分たちの目的は、周辺に怪しげな人物がいるという住人の情報だ。

石垣のスマートフォンが鳴ると同時に、「ヒロミ」という文字が表示された。

「はい、こちら、マサエ」

「──石垣か」

電話から高井田の緊張した声がした。

「そうです」

「少し前、エレベーターホールにカップル風の妙な二人組を見た」

「多分、聞き込みの刑事です。さっき、インターホンを若い女が鳴らしました」

「出なかっただろうな」

「当然です」石垣が答えた。「ドアスコープから覗いていると、隣の部屋にもそうやってインターホンを鳴らしていましたが、誰も出ませんでした。こんな雑居ビルに住んでるような奴が昼間いるはずないし、もしいたとしても、知らない奴に訪ねて来られても出るわけないのにね。高井田さんは今、どこですか」

「ビルから少し離れたところの喫茶店で休んでいる」

「エレベーターホールで職質とかされませんでした？」

「男の刑事がちらっとこちらを見たが、ちょうどエレベーターが来て、乗っていった。職質されたら、ちょっと厄介だった」

高井田は言いながら、間一髪だったかもしれないと冷や汗をかいた。街中なら、何とかごまかす自信はあったが、建物のエレベーターホールではそういうわけにはいかない。ここには何の用で来たのかという質問をかわす受け答えが簡単にできないからだ。自宅と言うわけにはいかないし、知人を訪ねたと答えても、何号室の誰だと訊かれれば答えようがない。それに職質中に、刑事のどちらかが長髪のかつらに気が付かないとも限らない。あらためて際どいタイミングでエレベーターが来たと思った。

自分にはまだツキがある。

「でも、エレベーターが来たくらいで、職質をやめるなんて、そいつ、刑事失格ですね」

石垣の言葉に笑おうとしたが、笑い声が出なかった。

＊

東光新聞の社長室には、五人の男たちが顔を揃えていた。社長の岩井保雄、副社長の安田常正、それに専務の木島《きじま》と、常務の橋爪と立花《たちばな》だった。岩井にとってこの四人は、東京本社にいる八人の役員の中でも腹心の部下と言える存在だった。彼らを役員に引き上げたのは岩井だった。そのため社内では「四人組」と呼ばれていた。現体制が岩井王国と揶揄されることもあるのは四人組の存在が大きかった。

今、四人の男は、岩井から渡された犯人からの手紙を順番に読んでいた。最後の一人が読み終えると、手紙を岩井に返した。

「つまり、これは――」副社長の安田が口を開いた。「秘密裏に取引をしようという申し出ですよね」

「おそらくはそういうことだと思う」岩井は言った。

「しかし、内緒で裏取引をしたのが警察にバレたら、大変なことですよ」

常務の橋爪が動揺を隠さずに言った。

「そんなことはわかってる」

「それなら、どうして私たちを呼んだのですか。これはすぐに警察に届けるべきです」

「私をバカだと思ってるのか！」

その瞬間、四人の男たちの顔が強張った。このセリフは岩井が相手に対して激しい怒りを覚えた時に口にするものだったからだ。

「それとも、手紙にうろたえて君らを呼んだとでも思ってるのか」

怒気を含んだ岩井の言葉に、四人の男は黙った。

「君らは、まだ事態の深刻さが理解できていない」

岩井はいったん怒りを鎮めて言った。

「いいか。我が社としては身代金は絶対に払えない。それはわかっているな。払ったりしたら、新聞社としての看板は地に墜ちる。東光の百年超の歴史に大きな汚点を残すことになる。では、身代金を支払わず、人質が殺されたらどうだ。その時は多くの読者が離れる恐れがある」

四人は無言で頷いた。ただでさえ年々購読者は減っていて苦しい経営が続く中、仮に常日新聞と同じように一挙に二パーセントも減るなどという事態になれば、大袈裟ではなく死活問題だ。役員たちの責任問題に発展する。

岩井は言った。

「もし、我が社で常日と同じことが起これば、私の立場もどうなるかわからない。大阪には反岩井派の役員がまだかなり残っているし、当然ながら彼らは私を追及してくるだろう。そうなれば、社主もどう出るかわからない」

岩井はそこでひとまず言葉を切って、四人の男たちの顔を睨んだ。

「その時は——君らの将来もないと考えろ」

四人の男たちは緊張した面持ちで岩井を見た。

「そのことを踏まえた上で、何がベストかを考えるんだ」

*

大手町にある高読《こうどく》新聞の地下駐車場に入った車が車寄せの前で停まると、運転手が車を降りてドアを開けた。

大和テレビ社長の大森亮一が車を降りると、そこにはすでに秘書らしき女性が待っていた。

「大森様、お待ちしておりました」

若くすらりとしたその女性は丁寧にお辞儀した。

「伊沢《いざわ》の秘書を務めております、藤田《ふじた》公子《きみこ》と申します」

「ご苦労さん」

大森はゲートを入った。

「突然のお呼び立てにもかかわらず、ご足労ありがとうございます」

大森は「いやいや」と言いながら、内心の緊張を抑えることができなかった。

高読新聞社の社長は高読グループのトップだ。実はその上に会長がいるが、かなりの高齢で、実質的に経営を取り仕切っているのは社長の伊沢だった。大和テレビ社長の大森も一応はグループの監査役に名を連ねているが、グループ内の力関係で言えば、伊沢とはかなりの差がある。

その伊沢が突然、相談があるから来てほしいと秘書に連絡してきたのだ。用件は秘書には告げられなかった。大森は社内の打ち合わせをひとつキャンセルして、高読新聞に向かった。

車の中で呼び出された理由を考えた。おそらくは誘拐事件のことだ。

大和テレビは高読グループの中核を担っている。もともとは高読新聞の創業者であったオーナーが七十年前に作った会社だったが、その後、これもオーナーが持っていた野球チームの試合を大和テレビがほぼ毎日のようにテレビ中継したことで、高読新聞の部数が飛躍的に伸びた。それまでは大手の二社を追う三番手の新聞社だったが、一気に業界一位の東光新聞を抜き、日本一の販売部数を記録するまでになった。まさに大和テレビは高読新聞にとって最大の販売促進媒体と言えた。

経常利益は大和テレビの方が上だったが、それでもグループ内では圧倒的に高読新聞の力が強かった。大森はプロパーだが、過去、長年にわたって大和テレビの社長は高読新聞からの出向が常だった。

今回の誘拐事件では、高読新聞はなぜか身代金要求リストに入っていなかった。販売部数が業界一位の新聞社が外されているのは奇妙だったが、その代わりに大和テレビが狙われたのだという見解が一般的だった。大森もその見方は間違っていないと考えていた。言うなれば、大和テレビは高読新聞のスケープゴートにされたようなものだ。

大森は役員室があるフロアーでエレベーターを降りた。ここは他のフロアーとは床も壁も造りが違う。木をふんだんに用いた瀟洒《しょうしゃ》なインテリアはまるで一流レストランに来たかのような錯覚を起こさせる。

秘書は大森を社長室に案内した。社長室は三つの部屋からなっていて、執務室と応接室、そして奥には仮眠室があった。大森は応接室に通された。

すぐに伊沢が現れた。

「やあ、大森さん」

伊沢は快活な笑みを浮かべた。ふだんむすっとしていることが多い彼がこういう表情をするのは、たいがい問題を抱えている時だ。

「例の件で大変な時に、わざわざ時間を作ってもらって申し訳ない」

伊沢は年上の大森を立てるように丁寧な口調で言った。大森は「とんでもない」と答えた。

「大森さんを急いでお呼びしたのは緊急の用件があってのことです」

大森は頷きながら、そんなことはわかっていると、心の中で言った。

「実はね――」

伊沢は言ったがその顔からはもう笑みが消えていた。「うちにも来たんだよ」

大森はえっと思った。「誘拐サイト」から高読新聞への要求はなかったはずだ。すると――。

「まさか、犯人から直接、手紙かメールが来たということですか」

伊沢は頷くと、一枚のコピーを見せた。大森はそれを読んだ。

『高読新聞社長　伊沢正威《まさたけ》様

私たちは高読グループの一社、大和テレビに対して、身代金を要求している者です。大和テレビはおそらく身代金を支払わないでしょう。そればかりか、自社の番組を使って、私たちへの悪質な印象操作を行なっています。これはもしかしたら高読新聞の指示かもしれないと考えました。

そこで私たちは高読新聞にも身代金を要求することにしました。もし身代金十億円を払わない場合は、四人の人質の命が失われることになるでしょう。そのうえさらに、大和テレビが自社番組でやった印象操作の実態をすべて暴露することになります。現在、その映像を編集中です』

大森は読んでいるうちに、自分の顔が火照《ほて》ってくるのを感じた。たしかにテレビを使って印象操作はした。放送を観ている時はやや露骨かなと感じたが、視聴者の多くは気付かないだろうと思った。しかし編集されると、露骨なやり方に多くの者は気付くかもしれない。誘拐サイトが発見された最初の頃は、「犯人憎し」一辺倒の放送ではなかった。ところが大和テレビが名指しされた途端、『二時の部屋』をはじめ、大和テレビの報道の全番組が、残虐な犯人というトーンに切り替わった。

「印象操作ということはないです」

大森は言ったが、伊沢は首を横に振った。

「いや、私が観てもそう感じる部分はありました。大和テレビが名指しされた途端、まるでキャンペーンでも打っているのかという感じでしたよ。たしかに犯人は残虐な奴です。しかし問題は、突然一斉に露骨にそのモードに切り替わったことです」

「それは、犯人が二人も人を殺したからです。番組がそういうトーンになるのは、ある意味自然なことです」

「大森さん」

伊沢は笑みを浮かべて言った。大森はどきっとした。

「大森さんが制作局長に指示したのはわかってるんですよ」

大森は咄嗟《とっさ》に言葉が出なかった。

「私は決して責めているわけじゃないんです。テレビという媒体を非常に上手く使って、世間に対し、犯人への憎悪をかきたて、身代金を支払わないのは当然だという空気を作り出そうとしたことは、むしろ賞賛すべきものであると思っています」

大森は胸ポケットからハンカチを取り出して額の汗をぬぐった。

「ただ、残念ながら、その効果はあまりなかった。私たちは調査会社を使って、この一週間の世論の変化をリサーチしました。するとたしかに犯人への憎悪は増してはいますが、その一方で新聞社やテレビ局に対する嫌悪感も大きく増しているということがわかりました。大森さんのやったことは、犯人への憎悪をかきたてるのには成功したのかもしれませんが、身代金を支払わなくていいと考える層を増やすことはできなかったのです。つまり人命を重視する人たちには、何の影響も与えられなかったということです。むしろ一部の人たちを反発させた」

大森は背中にひんやりしたものを感じた。今や身代金や大和テレビのことは思考から消え去っていた。頭の中は我が身のことでいっぱいになった。

「手紙には二枚目があるんです」

伊沢はそう言って二枚目のコピーを渡した。大森は震える指でそれを受け取った。

『ひとつ、伊沢様に提案したい。

私たちと大和テレビ双方にとって、最も利益のあることです。

世間にも警察にも知られることなく、身代金の受け渡しを行ないましょう。

最終的に、私たちは犯行を諦め、人質を解放するという形にします。表向きには、大和テレビは身代金を支払うことなく、また残る人質も無事に解放される結末を迎えます。もし、この提案を受け入れてもいいと考えるなら、高読新聞へ身代金は要求しません。同封のアドレスにメールをください』

大森は何と言っていいのかわからなかった。

「手紙は九九・九パーセント、犯人からのものです」

伊沢は言った。

「一枚の写真が同封してあったのですが、それは昨日のうちの新聞を人質に持たせた写真でした。その写真は犯人しか撮りえない——つまり手紙は犯人が書いたものです」

大森は黙っていた。伊沢の本心を摑む前に自分から何か発言するのは危険だった。

「大森さん、とりあえず、ここに連絡してください」

伊沢はそう言ってアドレスが書かれたコピーを渡した。

「裏交渉をしろと言っているわけではありません。とりあえず犯人の意向を知りたい。すべてはそれからです」

大森は「はい」と答えた。

「その際、会社のパソコンではなく、必ず別のパソコンを用意してください」

伊沢に言われなくてもそうするつもりだった。もし警察にパソコンを調べられた時、犯人と交渉していたことが明るみに出たら大変な事態になる。

「このことを知っているのは、今のところ、私とあなただけです。誰にも口外しないように」

「もちろんです」

大森はそう答えたが、伊沢が誰にも漏らしていないというのは嘘だろうと思った。これだけの決断を一人でしたとはさすがに考えられない。おそらく会長の許可を得ているはずだと思ったが、それを口にするほど、冷静さを失ってはいなかった。

「それと、もう二点」

伊沢が言った。

「まず、ここでの会話は忘れること。もう一つは、今後、この件についての話は一切しないこと」

大森は腹の中で、この野郎！　と思ったが、黙って一礼して部屋を出た。

社に戻ると、大森は腹心である副社長の沢村《さわむら》を呼び、伊沢との会話の内容を告げた。

「それって、裏交渉の指示ですか」

「いや、そう言葉にはしていない。あくまで犯人の意向を知るために連絡せよということだ。それと、今後は一切この話はしないと言っていた」

「要するに、裏交渉は大和テレビの独断という形でやれ、ということですね」

「そういうことだ」

「どうされますか？」

大森は大きなため息をついた。

「大和テレビと高読グループを守るためにはやむを得ないだろう」

沢村の顔が強張った。

「子会社にいた君を本社に戻して役員にしたのは私だ。君のことは信用している」

「社長の恩は忘れません」

「裏交渉となると、当然、金が動くことになるが、それは表には出せない金だ」

大森は沢村の顔を覗き込むようにして言った。

「役員で信頼できるのは常務の近藤《こんどう》です」

大森は頷いた。近藤は大森─沢村ラインの派閥に属する男で、口は堅い。今日もこの場に同席させようかと考えていたほどだ。

「近藤は制作局長と営業局長をおさえています。表に出せない金を作るとなれば、この二人の協力も不可欠です」

二人ともよく知っている人物だったが、性格の深いところまでは把握していなかった。

「その二人、口は堅いか」

「そこまで出世した男ですから、酸《す》いも甘いも嚙み分けています。二人とも役員候補ですし」

沢村がそこまで言うのだから間違いはないとは感じたが、最終的には会ってからあらためて判断しようと思った。

＊

その夜、「誘拐サイト」に東光新聞からの返信が載った。

〈誘拐サイト主宰者へ
身代金を要求されている私たちとしては、人質の安否を尋ねる資格があると考えます。
現在、人質は全員無事なのか、それを確認したいと思います。
東光新聞〉

「高井田さんの読み通りでしたね」

石垣が唸った。

「いや、これは大友の読みだ」高井田は言った。「俺はそれを実行に移しただけだ。けど、まさに予想通りの返信が来たな」

影山が感心したように「さすがは元真剣師だ」と言った。

「この返信は、警察のアドバイスで書いたと見てええやろ」大友が言った。「この状況で大新聞がホームレスの安否なんか気遣うはずがあれへんからな。ちゅうか、今はそこまで頭が回らんはずや」

「この質問の意図は？」と高井田が訊ねた。

「人質の安否を本当に知りたいということもあるやろうが、我々にいろいろ喋らせて情報を得ようちゅうのが本音やろな。あとは時間稼ぎか。交渉を繰り返している間、捜査の時間を稼げるからな」

「警察はローラー作戦をしているようですしね。うちにも来ましたしね」石垣が言った。

高井田は頷きながら、今日のニアミスを思い出した。

「あの聞き込みでこのあたりは一回つぶしただろうから、とりあえずは安心だろう」

「じゃあ、前よりも自由に外に出られますね」

「いや、ここが正念場だ。悪いが、今しばらく外出は控えよう」

三人の男は頷いた。

「でも、もうこの部屋は相当臭いですよ」

石垣が顔をしかめた。

「わしはもう鼻がおかしなって、感じんようになったわ」

大友がそう言って笑った。

高井田たちはもう一ヵ月近く風呂どころかシャワーも浴びていない。下着も替えていなかったので、全員、身体から悪臭が漂っていた。外に行く時は、上着とズボンだけを替えて、消臭剤を全身に吹きかけていた。

「もう少しの辛抱だ。耐えてくれ」高井田が言った。

「臭いはなんとか耐えられますけど、こっちが限界に近い」石垣が自分の腹を押さえた。四人ともこの一ヵ月ろくなものを食べていない。体力的にもぎりぎりの状態だった。

「すまん」

高井田が頭を下げた。

「ぼくは大丈夫だけど、影山さんが心配です」

影山はしばらく前から体中に湿疹ができて治らなかった。

「気にするな。すべて終われば、最高のステーキに極上の野菜を腹いっぱい食うさ」影山は笑った。

「みんな、本当にきつくなったら言ってくれ」

高井田の言葉に、三人の男は頷いた。

「それじゃあ、東光新聞さんのリクエストに応えて、明日の朝は久しぶりに記念写真といくか」

高井田の言葉に三人の男は笑った。

五月二十九日（二十二日目）

その朝、石垣は「誘拐サイト」に東光新聞への返信と人質の写真をアップした。

〈東光新聞へ
人質は全員無事です。健康状態も問題ありません。身代金を支払えば、人質は全員無事に帰します。
私たちもこれ以上は人質を殺したくありません。その気持ちは東光新聞も同じだと信じています〉

写真を撮る時、高井田たちは全員、今日の東光新聞の朝刊を手に持った。人質全員が生きているという証拠だった。

写真をアップした途端、凄まじい勢いでサイトへの入場者が増えていく。すでに入場者は延べ二億人を超えていた。同一人物が何度もアクセスしているのを考慮しても、凄まじい数だった。

石垣はツイッターを開いた。誘拐サイトの話題がほぼ毎日のようにトレンド上位に上がっている。フェイスブックや他のSNSでも誘拐サイトは注目の的だった。ただ、ひとつ怖いのは5ちゃんねるの「アジトを推理するスレ」だった。素人《しろうと》探偵たちが怪しいと睨んだ首都圏のマンションや一軒家の写真を住所とともにアップしているのだ。今のところ、自分たちがいる都内の雑居ビルは一度も上がっていないが、もし、誰かがこの建物の写真でも撮って、興味本位で人が集まったら、厄介なことになる。

不意にパソコンが小さな電子音を鳴らした。石垣はサイトを開いた。

「来ました！」

その声に、高井田たちも一斉に石垣の周囲に集まった。

「東光新聞からの裏メールです」

石垣は東光新聞に伝えたフリーメールのボックスを開いた。

〈貴君の言う交渉とはどのようなものか具体的に説明願いたい〉


「きわめて事務的なメールだな」

高井田がそう言って腕を組んだ。

「向こうのアドレスはどうなってる?」

「フリーメールのアドレスです。おそらくやりとりの証拠を残さないためでしょう」

石垣が答えた。

「差出人の名前もないぞ」影山が呆れたように言った。

「警察に通じてへんのかもしれへん」

大友の言葉に、影山が「なぜ?」と訊いた。

「もし東光新聞が警察に知らせとったら、警察主導の囮《おとり》のメールちゅうことになるけど、それやったらこんなに事務的な文章にはならんと思う。ほんで警察なら、こっちの情報を引き出すために、いろいろと質問したりして、もっと長い文章を書いてくるはずや。こっちの名前も差出人の名前も書いてへんのは、このメールが何らかの形で表に出たとしても、言い逃れができるようにやな。身代金とか人質という言葉もないやろ」

三人は感心したように頷いた。

「そやけど、あくまで読みや。絶対やない。油断はでけへん」

「どう返事します？」

石垣が高井田に訊いた。

「現金で四億円を用意しろと返信しろ」

影山が「東光は七億円じゃなかったか」と訊いた。

「裏交渉は安くするもんだ」高井田はにやっと笑った。「七億円のつもりでいたのに、四億円と言われたら、随分安くなったと思うだろ」

石垣は黙って高井田の指示した通り、文章を打ち込んだ。

「そこに、『可能かどうか十分以内に返信せえ』、と付け加えてくれや」大友が思いついたように言った。

「十分というのは早すぎないか」影山が言った。

「これは試しや。もし十分以内に、いけるという返事がきたら、後ろに警察がおる可能性がある」

大友の言葉に、石垣が「なるほど」と感心した。

高井田は石垣が打ち込んだ文章を読み直し、「オーケーだ」と言った。石垣は送信ボタンをクリックした。

「さて、次はどう出るか」

高井田がそう言った時、石垣が「返信を打ってる間に、大和テレビからもメールが来ていました」と言った。

〈誘拐サイト様へ

手紙を拝受しました。交渉に進むかどうかをお答えする前に、そちらが希望する金額を知らせていただきたく思います。

大和テレビ〉

「二社がほとんど同時にメールしてたんですね」石垣が言った。「それって何か妙じゃないですか」

高井田は大友の顔を見た。

「こんなことは申し合わせて同時にメールはせん。まして警察が絡んでたら絶対に同時にメールなんか送らん」大友は言った。「たまたまの偶然や。大袈裟に考えんでもええ」

三人の男は頷いた。

「それにしてもこちらは丁寧な口調だな。それに差出人と宛名もきっちり書いてある」

影山が考え込むように言った。「大友、これをどう見る？」

「何とも言えんな。しかし、こっちの名前なんかも書いてるところからすると、やや冷静さを欠いてるのかもしれん」

石垣が「返信はどうします？」と訊いた。高井田は小考した後、

「五億円の現金を用意しろ。これも可能かどうか十分以内に返信せよと書け」

と言った。

「こちらも三億円のディスカウントですね」

石垣は笑いながら指示された通りにメールを打ち込んだ。

「現実問題として、両社ともそれくらいが裏金として用意できるぎりぎりの金だと思

う」高井田は言った。「銀行では億の金はまず下ろせない。そんなことをすれば、銀行はただちに警察に通報するだろう」

「言えてますね。最近は百万円くらいのお金を下ろす場合でも、振り込め詐欺じゃないかと、警察に連絡が入るらしいですからね。億となったら大変ですよね」

「大和テレビや東光新聞が振り込め詐欺にかかるはずはないが、二社とも身代金を要求されているのは日本中が知ってるからな。大金を下ろせば銀行も当然怪しむ。いくら大事な取引先とはいえ、銀行としてのコンプライアンスの方が大事だからな」

「なら、奴らはどうやって、現金を用意する？」

影山の質問に、高井田が答えた。

「東光新聞はいくつも関連会社を持っている。その中には不動産会社もある。大和テレビは後ろに高読グループがある。いざとなれば、広告代理店や芸能プロから借りるという手もある。大手芸能プロなら、一億くらいの現金を用意するのは難しくないはずだ。それにそういうプロダクションはオーナー企業が多いから、金に関しては融通が利く。お世話になったテレビ局から頼まれれば、それくらいの金は用立てるだろう」

影山たちは感心したように頷いた。

「さて、どんな返事が来るか」

　高井田はパソコンの画面を見ながら呟いた。

＊

　東光新聞社長の岩井は犯人からすぐに返信が来たので驚いた。まさかそんなに早く返事が来るとは思っていなかったからだ。副社長以下、四人の役員が社長室に詰めていた。

「四億円ですか」

　副社長の安田が画面を見ながら金額を口にした。岩井はその金額を見た瞬間、ほっとする気持ちが心をよぎった。七億の現金を用意するのは大変だが、四億なら何とかなるかもしれないと思ったからだ。他の四人も口には出さなかったが、同じ気持ちになったのが表情から見てとれた。

　もっとも岩井は身代金を払うと決めたわけではなかったし、役員たちにもその同意は取っていなかった。交渉の具体的な内容を質問するメールを犯人へ送ったのは、あくまでも条件を聞くためだった。裏取引で身代金を払うという選択肢を端《はな》から除外するのは得策ではないと考えていたのだ。

「十分以内に返信しろと言っています」

パソコンを操作していた常務の橋爪が言った。

「このメールが来たのは、いつだ」

「十一時十七分ですから、あと残り八分です。いや七分になりました」

「あくまで仮定の話だが、四億円の現金を揃えるのは可能か」

岩井が四人に訊いた。男たちは互いに顔を見合わせた。

「できそうな気もしますが、断言できません」専務の木島が苦渋の表情で言った。「社内に知られてもいいなら、それくらいの金は作れますが、誰にも知られずに捻出するのは難しいと思います」

「たったの四億がか」

「時間があれば可能な額ですが」

「あと五分を切りました」

橋爪が焦った声を出した。

「少し待ってくれと返信しろ。一時間後に返答すると」

岩井の言葉に、橋爪は頷くと、すぐにキーボードを叩いた。

「いや待て」岩井は言った。「少し猶予をいただきたい。三時間後に必ず返答する、に変えてくれ」

橋爪はぎこちないキータッチで文章を修正した。

「あと、一分です。送りますよ」

「送れ」

橋爪は送信ボタンをクリックした。

＊

「来ました」石垣がそう言いながらメールボックスをクリックした。「大和テレビからです」

「早かったな。五分で来た」

影山が意外そうに言った。

〈現金は用意できると思うが、現時点では確約はできない。善処する〉

影山が「どう見る?」と高井田の方を向いた。

高井田はすぐには返事をしなかった。

「何とも言えないな。ただ、今度のメールには差出人と宛名が抜けている。それだけ急いで書いたということかもしれない」

「まだ五分もあったのに」

「早く返信せんとあかんという気持ちになったんやろう」

「続いて、東光新聞からも返信が来ました」

石垣が振り返って言った。

「こっちは三時間待ってくれ、か」影山がパソコンを覗き込みながら言った。「なんかリアルな感じがするな」

高井田は腕を組んで画面を睨んでいた。それから目を閉じて、東光新聞社長の岩井保雄の様子を想像した。おそらく社長室で「四人組」と呼ばれている腹心の役員らと一緒にいるのだろう。現金を用意できるかと役員らに訊いたはずだ。役員は慌てて計算したものの、十分では用意できるとは言えなかった——なら、この返信は有り得る。

次に警察官がそばにいたら、どんな会話になるだろうかと考えた。刑事なら、犯人との交渉を継続させるために、とりあえず「用意できる」と返信させるかもしれない。

高井田はその考えを皆の前で言うと、大友は笑った。

「将棋でも一番悪いのは『勝手読み』というやつや。相手はこうくるやろうと都合のいいように考えることや。そやけど——わしも高井田さんの読みはかなりいけてると思う」

皆の顔にほっとした表情が浮かんだ。

「じゃあ、東光新聞は裏取引に前向きということ？」

石垣が訊いた。

「いや、そこまではわからん。そやけど、こういうメールを送ってくるということは、本人らが気付かんうちに、その考えに引きずられてるのは間違いない。やらへんと決めてたら、こんなメールは送ってけえへん」

影山が感心したように頷いた。

「大和テレビの方だが」高井田が言った。「こっちは結構、必死な感情が表れている文章に見える。大森はおそらく高読新聞の伊沢からのプレッシャーで相当こたえているはずだ。メールの最後の『善処する』という言葉に、その必死さが表れてる。というのは、この言葉は別になくてもいいからだ。この言葉を入れたのは、犯人側に自分らの誠意を伝えようとしているということだ。警察官が考えつくような言葉じゃない」

「いい線や」

と大友が頷いた。

「返信はどうします？」石垣が訊いた。

「東光新聞の方は要らない。向こうからの第二報を待つ。大和テレビには、今から言うように打ち込んでくれ。少し長いぞ」

「どうぞ」

「――五日以内に現金を用意しろ。その一方で、誘拐サイトへ、『人質の命を救うためには何でもしたいが、身代金は払えない。ただし、それ以外なら、できるかぎりのことをしたいと思う』と返信しておけ。これは警察と世間の目を逸らすためのフェイクのやりとりだ――以上」

石垣は言われた通りに文章を打ち込んだ。

高井田はそれを読み直し、「送信しろ」と言った。

＊

「何とか、三億円の目途が立ちました」

東光新聞副社長の安田は社長の岩井に報告した。

この一時間、彼らは部下たちに命じて、どこまで現金を用意できるか調べさせた。もちろん全員が絶対に他言はしないであろうと信頼のおける者たちだった。彼らは理由を尋ねることなく、現在、融通の利く現金を報告した。それらを合計すると、三億円を少し超える額だった。

「あと一億か」

岩井はそう言った後、付け加えた。

「なら、私たちの個人資産を注ぎ込めば足りない分は何とかなるな」

その言葉に四人の顔がわずかに強張ったが、誰も異議を挟まなかった。いずれも数千万円の金なら自由にできるくらいの資産はあった。

「情けない顔をするな」岩井は呆れたように言った。「自分たちで出すと言っても、一時的なものだ。いざとなれば、架空の事業発注を社長決裁でやれば、それくらいは何とかなる。それにこれは、あくまでひとつの想定にすぎん。まだ実際に身代金を支払うと決めたわけじゃない」

四人は黙って頷いた。

「では、返信しましょうか」

橋爪の言葉に岩井は頷いた。

*

「東光から返事がありました。『要求額は確保できる。次の指示を待つ』ということです」

石垣が興奮した声で言った。

「三時間で何とか四億円を揃えるってすごいですよね」

「東光新聞の社長なら、それくらいの裏金は何とかなる。驚くにはあたらない」

高井田はこともなげに言った。

「まだ本気で取引する気かどうかはわからないが、かなりぐらついているのは確かだ。ここで考える時間を与えずに一気に押せばいける」

三人は緊張した面持ちになった。

「まず、返信だ。石垣、メールを打ってくれ。いいか、言うぞ。――明日、取引場所と時間を指定する――」

石垣が顔を強張らせて文章を打ち込んだ。高井田は続けた。

「――このやりとりとは別に、誘拐サイトへの返信は、依然として続けろ。そのやりとりは東光新聞としての立場を維持するものとせよ――以上だ」

石垣はその通りに打ち込んでから、

「大和テレビには細かく指示をしたのに、東光新聞には任せるんですか」

と尋ねた。

「東光新聞のサイトへの返信は警察が後ろで糸を引いているはずだ。人質の安否を尋ねたのがその証拠だ。だから、我々が東光新聞に下手な指示を送ると、東光は対応に困るばかりか、勘のいい刑事なら、何かおかしいと気付くかもしれない」

「そうか」

「だから、表向きのサイトへのやりとりは警察に主導権を渡しておく。警察は自分たちが主導権を握っていると思えば油断する」

「高井田さんの読みは凄いな」

「いや、基本は大友の読みだ」

高井田が後ろを振り返って言った。

「わしはあくまで参謀役や。決断を下すのは高井田さんや」大友は言った。「わしの読みは絶対やない。蓋然性《がいぜんせい》の問題なんや。ほんで、相手は人間やから、こちらの予想を超える手を打ってくる場合もある」

三人は頷いた。

＊

午後、東光新聞東京本社に京橋署から三人の刑事が訪れた。表向きは、東光新聞は警察の指示に従って犯人側と交渉しているので、刑事たちが来るのは日課になっていたが、この日は実質、捜査の中心である警部が部下を引きつれてやってきた。

岩井は彼らを応接室に通した。

「今日は、ひとつお願いがあってやってまいりました」

大久保と名乗ったその警部は自己紹介を終えると、早速、切り出した。

「東光新聞は、同じ朝刊でも紙面が細かく違うということはありますか」

「配達の関係で早い版と遅い版がありますが、それが何か」

「今朝の誘拐サイトの人質の写真では、人質たちが御社の朝刊を持っていましたね」

「はい」

「最初の動画の時も壁に貼ってありました」

「そう言えばそうですね。何ですか、犯人はうちの新聞を取っているということですか。なら契約名簿に犯人の名前がある可能性がありますね」

「もちろん、その可能性はゼロではありませんが、彼らはそういう危険は冒さないような気もします。しかし首都圏の購読者の名簿は手掛かりの一つですから、後ほど提出していただきたい」

岩井は頷いた。

「私がお訊きしたいのは、朝刊はすべて全部同じレイアウトなのかということです」

「首都圏版と関西版、その他の地方版は全部違います」

「いや、私が知りたいのは首都圏版です」

「基本的には同じ版ですが、若干違うこともあります」

「若干と言いますと」

「首都圏と言っても広いので、全部を一斉に配達するわけではありません。印刷が終わったものから次々に配送していきますが、早いものと遅いものではかなりの時間差があります。最も早いものだと夜十時くらいには刷り上がります」

「そんなに早いのですか」二階堂は驚いた声を上げた。「逆に遅いのは？」

「最終は深夜一時です」

「それでレイアウトも違うわけですか」

「遅い版だと、早い版には間に合わなかった記事が入ることもあり、その場合は紙面が違います」

大久保は大きく頷いた。

「それがどうしましたか」岩井が訊いた。

「実は今日の東光新聞の朝刊、いくつかの版を比べてみたのですが、一面は全部同じでした」

「そうですか。でも日によっては一面の記事が版によって変わることもありますよ。あと見出しとか、写真のレイアウトとかも」

その時、大久保の目が光ったような気がした。

「岩井さん、ひとつお願いがあるのですが」大久保が言った。

「何でしょう」

「明日の朝刊で、すべての版の一面のレイアウトを微妙に変えていただくというのは可能でしょうか」

岩井は大久保の意図していることを即座に察した。

「犯人が人質の写真をうちの新聞と一緒にアップすれば、どの版かわかるというわけですね。つまり犯人がどのエリアでその新聞を買ったのかも――」

「そういうことになります」

「エリアが特定できたら、大きな手掛かりになりますね」

「そう思います」

「わかりました。編集局長に命じて、明日の朝刊のすべての版のレイアウトを微妙に変えさせます」

「ありがとうございます」

大久保は頭を下げてから、向き直って言った。

「ただ、そのためには、明日も犯人には何としても朝刊の写真をサイトに載せてもらう必要があります」

*

その日の夕方、石垣は「誘拐サイト」に、大和テレビと東光新聞からの二つの返信を同時にアップした。

大和テレビからの返信は、ほぼ高井田の指示通りの文面だった。

〈誘拐サイト様

私たちは人質の命を救うためにはどんなことでもしたいと考えております。しかし社会的な立場から、また法的な意味でも、身代金を払うことはできません。ただし、それ以外のことで人質の命を救えるのなら、できるかぎりのことはしたいと考えております。

大和テレビ〉

もう一つの東光新聞の返信は、次のようなものだった。

〈本日は人質の写真を確認いたしましたが、動画ではなかったために、安否の完全な確認はできませんでした。ですので、動画を上げていただきたいと思います。声が聞きたい。四人の声が聞きたい。すべては人質の安否を確認してからです。

東光新聞〉

「東光新聞はしつこいですね。写真じゃ不満だから動画を送れってか」

石垣が苦笑しながら言った。

「いや、しつこいのは警察だよ。東光新聞は警察の指示通りに返信してるんだろうからな、そうだろ高井田さん」

影山が言った。

「そういうことだ」高井田は答えた。「ただ、石垣の言うようにちょっとしつこい気もする。今朝の写真が合成なんかではないのは警察にもわかったはずだ。大友はどう見る？」

大友は少し考えてから言った。「時間稼ぎかもしれへんな」

「この段階で時間稼ぎなんてことがあるのか」影山が不思議そうに言った。

「将棋でも時間に追われるとたまにあるんや。たいていは苦し紛れの手なんやが。ただ――」

「ただ、なんだ？」高井田が訊いた。

「時としてそれがよく読まれた手ということもある。時間に追われて苦し紛れに指した手やと思って油断すると、足をすくわれる」

高井田たちは黙った。

「先方はやけに声にこだわっているように思えませんか。俺たちの声を聞きたいって、繰り返しています」

石垣が疑問を口にした。

「声か――」高井田は呟くように言った。「そこに何かあるのかな」

「どうせ大した手掛かりにもならないんだから、声くらい聞かせてやろうよ」

影山が言った。

「よし。そうしよう。石垣、明日の朝一番に、東光新聞の朝刊を手に入れてきてくれ」

「了解」

＊

岩井は警察の指示通りに「誘拐サイト」に返信メールを送った後、編集局長の丸岡に、翌朝の首都圏の朝刊のレイアウトを版ごとに細かく変えるように指示を送った。

もし、この作戦が功を奏して、犯人逮捕に漕ぎつけることができたら、すべては解決する。その際、犯人との裏取引のことが明るみに出たとしても、犯人の手に乗ったふりをしただけだと言い訳できる。それだけに犯人が朝刊の罠に嵌まってくれることを祈るばかりだった。

しかし一方で、犯人はそんな手には乗らないのではないかという気もした。この犯人は相当狡猾《こうかつ》な奴らだ。知恵も実行力もある。警察の上を行っている気がする。

岩井の脳裏に再び「グリコ森永事件」が蘇った。あの時、たまたま大阪の社会部にいたので、事件の取材をした。まだ駆け出しの記者で、警察の深いところまでは食い込めなかったが、当時の捜査が凄かったことだけはわかった。投入した捜査員は延べ百三十万人。警察の威信をかけた捜査の結果、夥《おびただ》しい物証を手に入れ、さすがに「かい人21面相」も捕まるだろうと誰もが思っていた。しかし——警察はついに犯人を逮捕することができなかった。そして今に至るも、真犯人はわからず、事件の全容も明らかになっていない。犯人逮捕に漕ぎつける一歩手前まで何度も行きながら、運が犯人に味方したのか、彼らはついに煙のように消え失せた。

いや、あれは本当に運だったのか。運のように見えて、実はそうではなく、すべては犯人が警察を上回っていただけじゃなかったのか。今回の事件もなぜかそうなるような気もした。警察には申し訳ないが、犯人は逮捕されないような予感がどこかにある。だとすれば、やはり裏取引は必然か——。

その時、副社長の安田から電話があった。

「今、『週刊文砲』の早刷りを手に入れました」

「何か嫌な記事があるのか」

「今、持ってまいります」

すぐに安田が一冊の週刊誌を持ってやってきた。

「これです」

安田はページを開いて、岩井の前に置いた。

『命は何よりも大切だと言ってきた東光新聞』という見出しが目に飛び込んできた。記事は、東光新聞がこれまでに書いてきた人道的な記事が、その時の見出しと解説付きで紹介されていた。どの記事も命の大切さを謳いあげたヒューマニズムにあふれた見出しになっている。『週刊文砲』が身代金を支払わない東光新聞に対して皮肉たっぷりに書いた特集だ。

「くそ！」

岩井はそう言うと、机の上に週刊誌を叩きつけた。

「これ、明日発売か」

「そうです」

「当然、うちの朝刊に広告が載るんだろうな」

「はい」

「その広告、取りやめられないか」

「それはさすがに――。契約がありますから」

岩井は舌打ちした。

「それなら、『命は何よりも大切だと言ってきた東光新聞』という記事の見出しは黒く塗りつぶせ」

「それをやると、検閲に抵触する恐れがあります。『週刊文砲』は言論弾圧だと抗議してくるでしょう」

「なら、うちの社名を消せ」

「わかりました。それなら商標権の侵害ということで、やれるかもしれません。『週刊文砲』はうちの名前を使って、雑誌を売りたいだけですから」

「商標権の侵害なんかじゃない。名誉毀損案件だ！」

岩井の剣幕に安田は怯えたような顔をした。

「とにかくうちの名前は黒く塗らせます。すぐ広告部に行って指示してきます」

安田はそう言うと、部屋を退出した。

一人になった岩井はもう一度、雑誌を手に取って開いた。すると、東光新聞の記事の隣に大和テレビの『三十六時間テレビ』の特集記事があった。

そこには『三十六時間テレビ』がその日一日で手にすることになるCM料金が書かれてあった。総額は三十億円を超えているということだった。一方、制作費は約五億円、それとタレントのギャラを差し引いた額が大和テレビの儲けになる。その額はおよそ二十億円となっていた。あくまで推定としていたが、ほぼ実情に近い額だろうと岩井は思った。いまさらながら週刊誌記者の取材能力の凄さに唸らざるを得なかった。毎年、一般人から集める募金は一億円を優に超える。これは全額寄付されるが、テレビ局が寄付する額は書いていなかった。記事の後半には、昨年、同番組に出演した主要タレントのギャラの一覧もあった。それによるとメイン司会の男性タレントは四千万円となっていた。

四千万だと！

岩井は思わず呟いた。その他のタレントも軒並み凄いギャラだった。欧米ではこうしたチャリティー番組は、タレントはノーギャラ、テレビ局も利益なしでやるのが通例だ。その意味では大和テレビのやり方は、阿漕《あこぎ》なものに思えた。またそれに乗っかって高額ギャラを受け取るタレントもどうかと思った。

岩井の胸に複雑な感情が渦巻いた。この記事を読んだ読者の中に、ホームレスの命を助けるために大和テレビは少しくらいの金を出してやれ、と考える者がいたとしても不思議ではない。決して大多数にはならないだろうが、そう思う者が増えることは確実だ。そして、その感情は東光新聞にも向かうだろう。

岩井は憂鬱な気分に襲われると同時に、やはり犯人との裏取引の線は消すわけにはいかないと思った。

五月三十日（二十三日目）

午前八時、「誘拐サイト」に久々に動画がアップされた。その映像では、人質が四人揃って写り、そのうちの一人——影山貞夫が「私たちは全員無事です。健康状態も悪くありません」と語り、他の三人が黙って頷くというものだった。時間にして十二秒だった。四人の後ろの壁にはその日の東光新聞の朝刊が貼ってあった。


「やりましたよ！」

玉岡がパソコン画面を見て叫んだ。「東光新聞を貼っています」

多くの刑事が画面を睨んだ。皆、これのために、早朝から署に出ていたのだ。中には前日から徹夜していた者もいた。

「新聞の画像を引き伸ばしてプリントアウトして、すぐに東光新聞に行け」

大久保が命じた。しかしその作業中に東光新聞副社長の安田から電話があった。

「誘拐サイトがアップした画像に写っているのは、首都圏版の第四版です。配送地域は都内の台東区、墨田区、江戸川区のコンビニです」

「ご報告ありがとうございます」

大久保は電話を切ると、捜査員たちに向かって、該当区のコンビニの防犯カメラの映像を取ってこいと命じた。刑事たちは猟犬のように部屋を飛び出した。

捜査を開始して、初めての大きな手掛かりだった。

「とうとうエリアを絞れたな」

大久保は独りごちた。早朝のコンビニで新聞を買う人間はそう多くはない。だとすれば対象は限られる。怪しげな人物が写っていれば、街や商店の防犯カメラと連動して、追跡できる。何なら、カメラに写っている全員を追跡してもいい。人海戦術で必ず逮捕できる――。


その日の夕刻までに、京橋署にはエリア内のコンビニの防犯カメラの映像がすべて集められた。

大久保が睨んだ通り、新聞を購入する客は多くはなかった。しかも朝刊は何種類もあり、東光新聞を買う客となれば、さらに少なかった。もっとも、対象のコンビニは約六百五十店舗もあり、それらをすべて確認するのはなかなかの労力が必要だった。

「大変な作業だが、頑張ってくれ。犯人は必ずこの中にいる」

大久保は祈るような口調で言った。

＊

「これを見ろ」

高井田は影山たちの前に三つの新聞を広げた。いずれも東光新聞の朝刊だった。

「一見、どれも同じように思える。しかしよく見ると、写真の位置とか、見出しの位置が微妙に違う」

「本当だ」影山が驚きの声を上げた。「それってどういうことなんだ」

「大手新聞の場合、版によってレイアウトが違うことがあるんだが、一面でこんな風にすべてが微妙に違うのは珍しい」

「それって――」

影山が不安そうに訊いた。

「もしかしたら、警察の依頼で、東光新聞が版ごとにレイアウトを変えたのかもしれない」

「人質の映像にどの版が写っているのか見るためか」

影山の問いに、高井田は頷いた。

「つまり新聞を買ったエリアが絞れると同時に、新聞を買ったコンビニの防犯カメラに写っているということですよね」

石垣が言うと、影山が「何だって！」と声を上げた。

「高井田さんが新聞をコンビニで買うなと言っていたのは、そういうことだったのですね」

「いや、実はそこまでは考えていなかった。ただ、映像をアップする日に近くのコンビニで新聞を買うのは危険だと用心していただけのことだが、今回はその用心が役に立ったよ。映像で使った新聞とこの近所で売っていた新聞の版は違うものだった」

石垣が口笛を吹いた。

「お前、どこで新聞を買ったんだ」影山が石垣に訊いた。

「買ってないよ」石垣が笑って答えた。「上野駅のゴミ箱から拾ってきたんだ。いつもそうしてる」

影山は感心したように頷いた。

「正直に言うと、用心しすぎかと思っていたけど、そうじゃなかったんだ。高井田さんはすごいよ」

石垣の言葉に、影山と大友が頷いた。しかし高井田は仲間からの賞賛を払いのけるように手を振って言った。

「そんなことより、気になるのは、東光新聞がどこまで警察と組んでいるかということだ。もしかしたら、裏取引の交渉にも警察が嚙んでいる可能性が出てきた」

全員が押し黙った。

「大友はどう見ている？」

「裏交渉に警察が嚙んでへんとしても、東光としては、警察が犯人を逮捕するかもと期待しているのかもしれんな。つまり両面作戦で来とる可能性がある。もし今日の一面の各版のレイアウトをすべて変えたんが警察の指示やとしたら、そこに希望を持ってる可能性はある」

「どうします？　東光新聞との交渉をやめますか」

石垣が訊いた。

高井田はしばらく考えていたが、やがて石垣に告げた。

「今から、東光新聞にメールしろ。文面はこうだ——」

*

「警察は今、エリア内のすべてのコンビニの防犯カメラをチェックしているそうです」

副社長の安田の報告に岩井は頷いた。

東光新聞東京本社の社長室には、「四人組」の役員が勢揃いしていた。

「しかし、警察はさすがですね。各版のレイアウトを変えることで、犯人が潜んでいるエリアを特定するなんて、我々には思いつきません」

常務の橋爪が唸った。

「今は防犯カメラが街中にありますから、新聞を買った人物を追跡できます。犯人のアジトを突き止めることも十分可能ですね」

「たしかに大いに期待はできるが」と岩井は難しい顔で言った。「問題は、逮捕のタイミングだよ」

安田らははっとした表情をした。

「仮にだが、もし我々が裏取引を終えた後で、犯人が逮捕されたら、どうする」

四人の役員は黙った。

しばらく沈黙が続いた後、専務の木島が口を開いた。

「社長、裏取引は中止しましょう。危険すぎます」

岩井はすぐには答えなかった。

「『グリコ森永事件』の時と今は違います。捜査方法もテクノロジーも進化しています し、防犯カメラもあります。『かい人21面相』だって、今ならまず捕まっていますよ」

常務の立花が言った。

その時、テーブルに置いていたノートパソコンからメールの着信音が鳴った。橋爪が メールを開いた。その瞬間、彼の顔色が変わった。

「犯人からです」

全員が身を乗り出した。

「何と言ってきた？」

岩井が切迫した声で訊いた。

「読みます――『レイアウトを変えて、炙《あぶ》り出そうなんて、卑劣な手を使うのはやめろ。君たちと警察の考えていることくらいすべてお見通しだ。もし取引を中止したいなら、それでもいい。明日にでも、人質の首を二つほど東光新聞の本社前に並べることにする。その時は、口に版違いの東光新聞でも咥《くわ》えさせておくよ』——以上です」

全員がしばらく何も言えなかった。やがて岩井がぼそっと力の抜けた声で言った。

「犯人は警察よりも上みたいだな」

岩井の言葉に、誰も反論しなかった。

「もし、我が社の前に、東光新聞を咥えた首が二つも並んだら、世間はどう思う」

四人の男は無言だった。

「もちろん犯人に対する憎悪は増すだろうが、東光新聞に向けられる目も厳しくなる」

岩井は言いながら頭を回転させた。怒った犯人は裏交渉の内情をばらすかもしれない。そうなれば世間の反応はどうなる。「犯人の様子を探るために交渉に乗るふりをした」という言い訳がはたしてどこまで通用するか。警察の指示に基づいてのものなら、世間を納得させることもできるだろう。しかし実際はそうではない。警察を欺いて犯人と交渉をしていたとわかれば、ダメージは計り知れない。

安田たちも重苦しい顔をしていた。それを見て岩井は彼らも同じことを考えているのがわかった。同時に、犯人の罠に搦《から》め捕られたと悟った。

＊

「東光新聞から返信が来ました」

石垣がメールを開きながら言った。

「読んでくれ」高井田は落ち着いた声で言った。

「――当方に取引中止の意図なし。目下、準備中。指示を待つ――」

「メールが効いたな」影山が満足げに言った。

「どう返事します」

石垣の質問に、高井田はすぐには答えなかった。その隣で大友も無言で腕を組んでいた。

「俺が今どんな気持ちかわかるか」

高井田は言った。全員が高井田を見たが、誰も何も言わなかった。

「経験はないが――」と高井田は目を閉じて言った。「手探りで爆弾を処理している感じかな。箱の中にはいろんな線が複雑に絡み合っている。正しい線を切れば、爆発はしない。しかし間違った線を切れば、その瞬間――ドカーンだ！」

高井田が最後の擬音をやや大きな声で発したので、三人の身体はびくっとなった。

「東光新聞は警察と組んで何やら動いている。それはほぼ間違いない。ただ、今回の裏取引の交渉が警察の指示によるものなのか、それとも警察の裏をかいて俺たちと取引しているのか――それが今ひとつ見えない」

部屋に重苦しい沈黙があった。大友さえ黙っていた。高井田の疑問は、どれだけ考えても絶対的な答えが出せないものだった。しかし三人の男は、最終的な決断は高井田に任せる覚悟だった。

高井田は小さくため息をつくと、言った。

「東光新聞への返信はひとまず保留にする。その前に大和テレビにメールだ」

＊

「三矢君、ちょっといいか」

デスクの斎藤が三矢の机までやってきて言った。三矢は書きかけの記事をおくと、立ち上がって、斎藤に従った。

斎藤は空いている会議室に入ると言った。

「この記事だけど」

斎藤の手にはさきほど三矢が書いた記事の原稿があった。

「ちょっと人質の立場に寄りそいすぎだな」

「どこがですか？」

三矢は少し不満そうな顔をした。

「全体にそうだが、特に記事の締めくくりの文章――『何よりも人質の一日も早い解放を願うばかりだ』というのはちょっとな」

「それのどこが変なんですか」

「いや、悪くはないんだが、うちがそれを書くのは、『お前が言うな』、と突っ込まれる余地がある」

「斎藤さんの言うことはわかります」三矢は言った。「たしかにうちは身代金を要求されている当事者でもありますが、同時に報道機関です。客観報道に努めるのは当然じゃないですか。これがもし身代金を要求されているのが、よその会社だったら、斎藤さんでもこう書くと思うんです」

斎藤は困ったような顔をした。

「そうは言っても、この事件に関しては中立的な立場は取れないんだ。それに、ここだけの話、編集局長に、今度の事件を書く時は、あまり人質に寄りそうトーンにしないでくれと言われてるんだ」

三矢は小さくため息をついた。

「わかりました」

ここで逆らったところで、記事は斎藤に書き直されることになる。それなら自分で書き直す方がましだ。

「今ここで直します」

「すまないな」

「ところで斎藤さん、噂を耳にしたんですが、今朝の東京版、犯人を引っ掛けるために、レイアウトを変えた一面の版をいくつも作ったというのは本当ですか」

「それ、誰に聞いた？」

「みんな言ってますよ」

斎藤は仕方がないという顔で「本当だ」と答えた。

「やっぱりそうなんですね。今朝、犯人が動画で見せたのは何版なんですか」

「第四版だ」

「じゃあ、エリアがわかりますね。それ、記事にしないんですか？」

「上からは止められている」

「どうしてですか」

「中立的な立場である報道機関が警察の捜査に加担しているということを公表するのはまずいだろう」

「さっき、この事件に関しては中立じゃないと言ってたじゃないですか」

斎藤は苦虫を噛みつぶしたような顔をした。

「うちは当事者で、被害者ですよ」三矢は言った。

「誘拐事件には報道規制がつきものだが、これも報道規制の一つと思ってくれ」

三矢は「わかりました」としぶしぶ答えた。たしかに捜査の手の内を明かすのは得策とは言えないだろう。

「じゃあ、頼むよ」

斎藤はそれだけ言うと、部屋を出て行った。

三矢は斎藤が置いていった原稿を広げた。ご丁寧に、すでに文章のいくつかに線が引かれてある。

三矢はそれを直しながら、ふと、この事件はどう決着するのだろうかと思った。犯人は捕まり、残りの人質は全員解放されるのだろうか。是非、そうであってほしい。これ以上、ホームレスの人たちが死ぬのを見たくない。

でも、たとえどのような決着を見ようとも、この事件が解決したら、デスクに志願してホームレスの記事を書かせてもらおう。許されるなら、たっぷりと時間をかけた取材をして、何回にも分けた連載記事にしたい。うわべだけの偽善的な記事ではなく、本気でホームレスの問題に取り組んだ内容にしたい。そうでなければ、本当にこの事件を総括したことにはならない――。

＊

「どうだ」

捜査本部で、二階堂が山下に訊いた。

「結構、きつい作業です。東光新聞を購入した客を追うために、近隣の防犯カメラや店の防犯カメラの映像を見ていますが、今のところ、本命らしき人物には当たれていないようです」

捜査本部の部屋には三十台以上のパソコンが持ち込まれ、捜査員たちが防犯カメラの映像をチェックしていた。夕方からその作業をしているが、山下の言うところでは、まだ三分の一も終わっていないということだった。

「しかし、この中にいるはずなんだ」二階堂は言った。「残りの三分の二の映像に犯人が写っているのは間違いない」

「けど、班長」玉岡が言った。「もし、犯人が遠くの町から新聞を買いに来ていたとしたらどうでしょう」

「それがどうしたんだ」

「だとすると、犯人はこのエリアには住んでいないことになります」

「たとえそうであっても、犯人がこのエリアのコンビニで新聞を買っているのは間違いないだろうが」

二階堂はいらいらして玉岡を怒鳴りつけた。

「いいか。コンビニの防カメには必ず写っているんだ。何時間かかってもいいから、必ず見つけ出せ！」

＊

大和テレビの社長室にある応接室のテーブルに置かれたノートパソコンが、メールの着信音を鳴らした。

「来ました」

常務の近藤が言った。応接室に集まっていた男たちの顔に緊張が走った。

男たちは全部で五人。社長の大森、副社長の沢村、常務の近藤、残りの二人は近藤の子飼いの部下である制作局長の江田《えだ》和晃《かずあき》と営業局長の中島卓夫《なかじまたくお》だった。既に全員が裏交渉のことは承知していた。高読新聞の社長の伊沢からは他言無用と言われていたが、誰にも事情を知らせることなく億を超える金を集めることは不可能だった。それはおそらく伊沢も承知していることだろう。江田と中島は、役員への道と馘首《かくしゅ》のリスクを引き換えにこのプロジェクトに参加した。とはいえ、大森と沢村から話を聞いた時点で、ほかに選択肢はなかった。二人は制作プロダクションと芸能プロダクションに顔が利いた。

「メールにはなんと？」

大森が訊いた。

「明日中に金を用意しろ——と」

「明日中？」大森は大きな声を上げた。「そんな急にか」

それから沢村に訊いた。「可能なのか」

「すでにいくつかの制作プロと芸能プロには、金の工面を頼んでいます」沢村は答えた。「なんとかなるとは思いますが、さすがに明日中となると難しいと思います」

「いくらなら明日中に用意できる？」

「制作会社の能勢《のせ》プロは五千万円ならすぐに用意できると。あとMSプロも三千万円ならいつでもいけると」

制作局長の江田が言った。

「二つ合わせても一億にもならんじゃないか！」大森は大きな声で言った。「うちが年間いくら払ってやってると思ってるんだ」

大和テレビのゴールデンタイムのバラエティ番組の制作費は一本につき二千万円以上だ。完パケ（そのまま放送できる形に仕上げた状態）のレギュラー番組を受ければ、一年で制作プロダクションには十億円は入る計算になる。能勢プロはたしかレギュラー番組を二本持っているはずだ。

「いや、能勢プロは最終的に一億円は用意できると言っています。ただ、すぐには難しいと――」

江田が額の汗を拭きながら言った。大森はそれを見て、少しいらいらした。江田がプロダクションから一本につき二十万円のキックバックを取っているのは知っていた。大森自身も制作局長時代に同じことをやっていたので黙認してきたが、ここにきてプロダクションを擁護する立場を取るのは許せない。

「何も金を払えと言ってるんじゃない！　少しばかり貸せと言ってるんだ。それができないようなら、今後、大和テレビでの仕事はないと、そう言え！」

江田は「はい」と答えた。

続いて営業局長の中島がおどおどした声で言った。

「営業部にプールしてある金からすぐに使えるのは約三千万円ですが――」

「会社の金に手を付けるわけにはいかん」

そんなことをすれば必ず足がつく。

「懇意にしているスポンサーといくつかの広告代理店に当たっていますが、明日となると、合わせても五千万がせいぜいかと」

大森は素早く頭の中で計算した。プロダクションとスポンサーから一億三千万円。旧知の芸能プロの社長たちに頼めば、一億円くらいの金は無担保で貸してもらえるだろう。それに自分の銀行預金から七千万円は引き出せる。しかし犯人の要求額の五億円には二億円足りない。

「三日あれば何とかなるか？」

大森は江田と中島に言った。それは質問というには有無を言わせぬ響きがあった。

江田は「三日あれば、三億円はなんとかできます」と答えた。中島も「私も二億円は何とかなると思います」と答えた。

大森は頷くと、近藤に「犯人にメールしてくれ」と言った。

＊

「大和テレビからメールです」石垣が言った。「短い文章ですよ。――三日の猶予をくれ、必ず何とかする――とのことです」

「これって、時間の引き延ばしかな」

影山が高井田に訊いた。高井田はパソコン画面のメールの文章を読み直した。

「違うと思う。どうだ、大友」

「そうやな」大友は答えた。「引き延ばしやったら、こんなそっけない文章にはならんやろ。これはかなり切羽詰まった心理やと思う」

高井田は頷いた。大友は続けた。

「もしわしらを嵌めるつもりなら、金は用意できると書くと思う。この文章は必死の懇願だな。けど同時に、これで犯人が怒るなら怒ってもかまわんというやけくその感じもある。つまり、すぐには金を用意することが物理的に難しいんやろう」

「大友の読みはなるほどと思えるんだが、それって絶対じゃないよな」

影山が言うと、高井田は強い口調で「世の中に絶対はない」と答えた。

「勘違いしちゃいけないのは、俺たちがやっているのは将棋じゃないということだ」高井田は言った。「将棋はすべての情報が開示されている。要するに読みの優れた方が勝つ。しかし今、俺たちがやっているのは、譬《たと》えたら麻雀のようなものだ。捨て牌《パイ》や打ち回しから、相手の手牌のかなりが見えても、後ろから覗き見でもせん限り、全部は見えない。つまり百パーセントの読みは無理だ。振り込むことを恐れて安全牌ばかり切るなら、最初からこんなことはやっていない。俺たちは一か八かの勝負をしている。だが運まかせじゃない。読みに読んだ上で、九割いけるとなれば、危険牌を切って上がりにいく。いいか、俺たちは役満をテンパってるんだ。九割がた通ると思った牌は切る」

影山と石垣は黙って高井田を見つめていた。大友だけは何度も頷いていた。

高井田はさらに続けた。

「もし、その読みが外れて、振り込んだ時は――勝負に負けた時だ」

「あんたに賭けるよ」

影山は笑って言った。

「ぼくは最初からそうですよ」石垣がすました顔で言った。「どうせ一度は終わった人生だ。この勝負に負けたって悔いはありません」

「ひとつええか」

と大友が言った。

「さっき高井田さんが、わしらは手探りで爆弾処理をやっているみたいなものだと言うたけど、あれは違うで。本物の爆弾なら、破裂した瞬間に終わりやけど、仮にわしらが警察の罠に嵌まっても、身体が吹き飛ばされることはあれへん」

「たしかにそうですね」石垣がくすっと笑った。

「わしは東光新聞も大和テレビも大丈夫やと思う」大友は言った。「大和テレビは腹を括ったのか、メールにも自社名を入れてるが、東光新聞は最後まで、メールの文面に金額や身代金や人質という言葉を一切入れとらん。つまり、犯人と裏取引をしていたという証拠が残ることを極力避けとるんや。万が一、すべてが明るみに出たとしても、言い逃れができるようにや」

「なるほど。けど、俺たちが捕まったら、その言い訳も無理なんじゃないか」影山が指摘した。

「藁《わら》にもすがる気持ちで保険を掛けているつもりなんやろう。もし、警察の捜査でわしらを罠にかけるつもりやったら、そこまで注意は払わんはずや」

「もちろん、大友のその読みも俺の読みも、絶対じゃない」高井田は言った。「しかし、俺はこの牌は通ると見た。切ってもいいか」

三人は頷いた。

高井田は石垣に言った。

「大和テレビにメールの返信を頼む。――三日後の六月二日十五時、中央区日本橋人形町××のコインパーキングで、五億円を用意して待て。金は段ボール箱に入れておくこと。段ボール箱は引っ越し用の丈夫なもので、百二十サイズだ――」

それを聞いた影山と大友は顔を強張らせた。いつもは冷静な石垣も何度かキーを打ち間違えた。

「次は東光新聞だ。金額以外は文面はまったく同じだ」

全員が驚きの声を上げた。

「同じ時間、同じ場所？」

石垣が確認した。

「そうだ」高井田はにやりとして言った。「二度に分けても、リスクは分散されない。むしろ増す。勝負は一回きりだ」

*

東光新聞の社長室にはずっと重苦しい空気が漂っていた。すでに沈黙は十分以上も続いていた。副社長以下役員たちは、ちらちらと岩井の顔を盗み見るだけで、自分から口を開こうとする者はいなかった。

最初は半ば様子見という形だったはずが、いつのまにか犯人との裏交渉に引きずり込まれているのを全員が感じていた。そして今、こうして犯人サイドから、金の受け渡し場所と日時を示されて初めて、自分たちが向き合っている事態の恐ろしさに気付かされたのだ。

もしこのまま交渉を進めてすべてが露見した場合、全員が破滅である。社会的な制裁を受けるばかりか、最悪の場合、刑事罰さえ受けかねない。会社は大きなダメージを蒙るし、個人に対しての損害賠償請求に発展する可能性もある。会社を守るためにやむを得ない行為だったと言っても通用しないだろう。ただ、唯一の言い訳は「裏取引してでも人質の命を助けたかった」というものだが、はたしてそれが世間にどう受けとられるか。

引き返すなら今だ。今ならまだ間に合う。もっとも犯人がこれまでのやりとりを公開すればただではすまないだろうが、致命傷は負わずに済む。しかし、ここでもう一歩踏み出せば、もう引き返すことはできない――。

一方で役員たちは皆、犯人に恐怖で支配されていた。彼らは無意識のうちに、目に見えぬ犯人が全能の力を持った存在のように思い始めていたのだ。この数日間、犯人に翻弄され、精神は疲弊しきっていた。彼らは自分たちのすべての判断を、目の前に座っているブルドーザーと呼ばれた社長の岩井に任せた。

岩井自身、ことここに至っては、役員たちの意見を聞く気など微塵もなかった。もちろん多数決など有り得ない。決断を下すのは自分しかない。やるかやらないか――二つに一つだった。

「やろう」

岩井が言葉を発すると、役員たちは弾かれたように顔を上げた。岩井はさらにこう断言した。

「警察には、この犯人は捕まえられない」

その言葉は、役員たちにとっては力強い啓示のように響いた。

「すぐに金を用意しろ。金は――安田君の自宅に置いておけ」

副社長の安田は「はい」と答えた。

五月三十一日（二十四日目）

その朝、「誘拐サイト」は大和テレビと東光新聞に対しての声明文をアップしたが、それは多くのウォッチャーを驚かせるものだった。

〈大和テレビと東光新聞に告ぐ。

私たちは身代金を大幅に譲歩することにした。

それぞれに一億円とする。つまり人質一人当たり五千万円だ。

この金額ならば妥当な額であると思う。

なお、これ以上の妥協はない。

受け渡し場所と日時については、別の形で連絡する〉

その朝の捜査会議では、前日の聞き込み、コンビニの防犯カメラ映像の解析に加え、犯人の新たな声明文について話し合われた。聞き込みと防犯カメラからは大きな手掛かりがなかったからだ。

「犯人は突然、身代金の大幅減額を宣言した。この意味をどう捉えるべきか」

管理官の甲賀は捜査員たちを前に言った。

「かなり焦っていると見ていいのではないでしょうか」

二階堂が代表して答えた。これは捜査会議の前に何人かの刑事と話し合った結論だった。

「常日新聞もＪＨＫも身代金を支払いませんでした。大和テレビも東光新聞も強硬な姿勢を崩していません。犯人もここにきて、満額を受け取るのは難しいと踏んだんじゃないでしょうか」

甲賀が頷いた。

「今回の声明文ですが――」安藤が手を挙げて言った。「まず文体が違います。それまではですます体で、丁寧な口調でしたが、今回はである体で、高圧的な感じがします」

何人かの刑事が同意するように頷いた。

「つまり、それが焦りということか」大久保が訊いた。「そうだとしたら、焦りとなる原因は何が考えられる？」

「もしかしたら、我々の誰かが犯人に接触した可能性があるのではないでしょうか」

玉岡の言葉に部屋にいた刑事たちがはっとした顔をした。

「ローラー作戦で、捜査員の誰かがアジトを直接訪ねたか、あるいは対面で声を掛けたか――。犯人は捜査が身近に迫っていることを知って、焦っているのかもしれません」

「意外に鋭い線を突いたかもしれんぞ」

大久保の言葉に、刑事たちの目が光った。これまでの地道な捜査が無駄ではなかったのかもしれないという思いは、彼らを奮い立たせた。

大久保が続けて言った。

「聞き込みは、これまでと同じようにエリアを広げていくことに変わりはないが、同時にこれまでの聞き込みで、ほんのわずかでも引っ掛かりがあったものをもう一度見直す必要があるかもしれん。各自、記憶を辿って、マンションでも雑居ビルでも人でも、違和感を覚えたものを洗い出してくれ」

大久保は言ってから、自分の言葉の矛盾に気付いた。なぜならほんのわずかな違和感でも覚えたら、すかさず食らいつくのが刑事の習性のはずだからだ。

「犯人がアジトを変える可能性はないでしょうか」刑事の一人が発言した。

「ゼロとは言えないが、人質四人を運ぶのはリスクがある。途中、一度でも検問にかかればお終いだ。おそらくそのリスクは取らないと思う」

大久保が言った。

「ところで、コンビニの防カメの確認はどれくらいで終わりそうか」

大久保が部屋の端でパソコン部隊を率いている山下に訊いた。山下は椅子から立ち上がると前方に移動した。

「昨日から五十人態勢で徹夜でチェックしていますが、あと三分の一くらいです。先ほども報告したように、当日、東光新聞を購入した人物で、近くのマンションや家に入った人物は今のところ見当たりません。全員がＪＲや地下鉄の駅に向かっています。今、それらの駅の防カメの映像を取り寄せていますが、彼らをすべて追うのはなかなかの作業です」

部屋の中にため息が漏れた。その作業の大変さが容易に想像できたからだ。

大久保は腕組みした。犯人はもしかしたらＪＲや地下鉄を使って新聞を買いに行ったのかもしれない。動物的な用心深さで、近隣エリアでの買い物を避けている可能性もある。朝のラッシュに紛れた人物を駅の防犯カメラや車内カメラで追跡するのは相当に厄介だ。通行人がまばらな街の防犯カメラで追うのとはわけが違う。もちろんそれでも追うことはできる。ただ、何百人もそうして追いかけるのは気の遠くなるような作業だ。

「山下」と大久保は言った。「駅に向かった者たちのその後もすべてチェックしてくれ」

山下は「わかりました」と答え、パソコン部隊の方に戻った。

大久保はその背中に、すまない、と心の中で言った。しかし犯人は絶対にその防犯カメラに写っているのだ。たとえ奴らのアジトがどこにあろうが、エリア内のコンビニで新聞を購入したことは間違いない。奴らの姿は必ずそのビデオの中にある。こうなれば時間との勝負だ。俺たちが犯人に辿り着くのが早いか、犯人が逃げおおせるのが早いか、だ。

＊

「犯人から手紙が来ています。今朝、速達で届きました」

大和テレビの社長の大森は京橋署の安藤に手紙を渡した。

「三通来ていました」

安藤は指紋を付けないように手袋をはめて、そのうちの一つの手紙を注意深く読んだ。

『身代金、一億円を入れたスーツケースを女性社員に持たせて、六月六日十三時に、ホテルニューオータニのロビーにいろ。ただし、女性社員に携帯電話を持たせ、事前にその番号をサイトに返信しておくこと』

文面はそれだけだった。安藤はあっけなさを感じた。第一印象は、いたずらではないのかと思ったほどだ。隣にいた三田も同様に感じたようで、二人は一瞬目を合わせた。

これまでネットをさんざんに活用して展開してきた劇場型犯罪も、最後はこんな古典的な手法を取るのか。しかしよく考えてみれば、この方法に頼るしかない。

「大和テレビさんはどうされますか」

「身代金は払わないという姿勢に変わりありません」

大森は答えた。安藤は黙って頷いた。警察からは犯人逮捕のために身代金を用意してほしいとは言えない。

「すると、犯人にどう返信しますか」

「どうすればいいですか」

逆に訊かれて、安藤は言葉に詰まった。

「私どもは大和テレビさんにアドバイスできる立場にはありません。ただ、捜査本部からあらためてお願いすることがあるかもしれません」

頷いた大森の顔が憔悴《しょうすい》しているのがわかった。無理もないと安藤は思った。連日のように犯人から脅迫を受け、またネット上でもあらぬ誹謗《ひぼう》に晒されているのだ。疲れを感じないほうがおかしい。そう考えると、大和テレビが気の毒に思えた。今回の事件で大和テレビは一方的な被害者なのだ。

＊

「結局、大和テレビも東光新聞も、減額されても身代金は支払わないという姿勢に変わりはないということだな」

二階堂はため息をついた。大和テレビと東光新聞から戻った刑事たちは頷いた。

「大和テレビは六月六日にホテルニューオータニ、東光新聞はその二日前の四日に帝国ホテルか。三日の間に二つも身代金の受け渡しをやろうっていうのか」

大久保は腕組みしながら言った。

「けど、二つの手紙が受け渡し場所と日時以外は一字一句同じなんて、手抜きですよね」

玉岡が呆れたように言った。

「別の見方をすれば、合理的とも言えるな。伝える内容が同じなら、別の文章を作る必要はないからな」

二階堂が答えた。

「女性社員に持たせる携帯の番号を教えろというのは、おそらく電話で指示して移動させるつもりでしょう」

「十中八九な」

「スーツケースに発信器を仕込んでおけば、どこに移動したとしても、捕捉可能ですよ」

「スーツケースから金だけを抜きとられるかもしれない」

「札束の中に、仕込んでおくのはどうでしょう」三田が提案した。「ほら、本とかのページをくりぬいて中にものを入れるみたいに。最近の発信器は超小型で、数ミリの隙間があれば十分ですよ。何十枚かくりぬけば、簡単に仕込めます。その上に帯をすれば、まずわかりません。一億円となると、百万円の束が百個です。そのうちの一つに仕込めば、別のカバンか何かに入れ替えたとしても気付かれることはまずありません」

二階堂は腕を組んで考え込んだ。

「札を切ったりするのは法律違反でしょう」玉岡が言った。「警察が違法行為をしてもいいんですか」

「札は切っても燃やしても罪にはならないんだよ」

鈴村が言った。

「そんなバカな、通貨偽造にあたりますよ」

「玉岡」二階堂が諭すように言った。「造幣局が鋳造する硬貨を加工するのは罪になるが、日本銀行が発行する紙幣は加工しても法的には罪にはならないんだよ。お前も警察官ならそれくらい覚えておけ」

「――そうだったんですか」

「まあ、しかし感心する行為ではないし、警察がやるわけにもいかんか」ずっと黙っていた大久保が口を開いた。

「それに肝心の大和テレビと東光新聞が身代金を払わないと言ってるんだからな」

「総監経由で要請してみたらどうでしょう」

二階堂が閃いたように言った。大久保の眉がわずかに動いた。

「大和テレビと東光新聞にしても、犯人を逮捕してほしいはずです。世間の多くは大和テレビと東光新聞の姿勢を支持しているとはいえ、一方で冷たいと非難している層も少なからずいます」

「今週の『週刊文砲』の記事はそれに拍車をかけたな」

「そうです。だから、警視庁として正式に要請すれば、大和テレビも東光新聞も、受けてくれるかもしれません」

二階堂が食い下がった。

「しかし両社とも、建前上、身代金を支払うとは言えないだろう」

「世間には秘密裏に行ないます」

大久保は険しい顔をして腕を組んだ。

「もし一億円が奪われたらどうする？」

「絶対に奪われないように、万全の態勢を敷きます」

「絶対はない」

二階堂は黙った。

「一億円が奪われたりしたら、警察の大失態だ。たとえ奪われなくても、犯人確保に失敗して人質が殺されたら、それ以上の失態だ。京橋署が叩かれるだけでは済まない」

管理官の甲賀が言った。一同は沈黙した。

突然、大久保が「よし」と言って立ち上がった。

「署長にお願いしてみよう」

その瞬間、捜査本部の温度が三度は上がったような熱気に包まれた。

「認めてもらえるかどうかはわからんが、身代金受け渡しから被疑者確保までのあらゆるシミュレーションをしておけ」


大久保の訴えを聞いた署長の進藤はすぐには返答しなかった。

「もし、失敗したら、京橋署だけの責任では済まないぞ」

進藤の言葉に大久保は「はい」と頷いた。

「警視庁全体が大変な非難を浴びることも覚悟しないといけない。いや、ことはそれだけでは済まず、警察庁へも及ぶかもしれない」

「はい」

「もちろん、俺もただでは済まん」

進藤は再来年が定年だった。大久保はノンキャリアから署長まで昇り詰めた進藤の人生を思った。定年後は民間の保険会社の顧問に内定しているという噂を聞いていた。しかし、もし身代金受け渡しの計画に失敗すれば、それもどうなるかわからない。上司の人生を危うくしていいのかという気持ちはあったが、それよりもこの犯人を捕まえたいという思いが強かった。

「実際のところ、俺が直接頼めるのは警視庁の警視正までだ」

「はい」

「しかしお前も知っている通り、警視正以上はほとんどがキャリアだ。彼らも同じ警察官ではあるが、我々とは違う人種だ」

大久保は頷いた。自分たちのようなノンキャリアはどんなに出世したとしても定年間際に警視になるのが精いっぱいで、その上の警視正や警視長になるのはよほどの能力と幸運に恵まれた者だけだが、警部補からスタートするキャリアは三十歳くらいで警視正になる。それ以上の階級である警視長ともなれば、一般警察官から見れば雲上人だ。その警視長を目指す警視正が、下手したら出世を棒に振る可能性のある無謀な捜査を上司に言上するとは思えない。たとえ熱血漢の警視正がいたとしても、警視長の上の警視監、その上の警視総監まで要請が届くとは思えない。

「それにだ」進藤は続けた。「警視総監も独断ではゴーサインは出せない案件だと思うぞ。警察が新聞社やテレビ局に身代金を用意してくれと頼むのも異例だが、もし失敗すれば、最悪、官邸にまで累が及ぶ恐れもある」

たしかに言われてみればその通りだ。大久保は、いささか頭が熱くなり過ぎていた自分を反省した。こんなことで冷静さを失っていてはとても犯人には勝てない——。

「俺が全部ひっかぶろう」

進藤の言葉に大久保は思わず、「えっ」と声を出してしまった。

「俺の独断でやったことにすれば済むことだ」

進藤はそう言ってにっこりと笑った。大久保は、この人は刑事だ、と思った。骨の髄まで刑事だ。

「ただし、百万円の札束の上下だけ本物で、あとはダミーだ。その金は警察の金を使う。大和テレビと東光新聞には出させない。彼らはあくまで身代金を払うという返信をするだけだ。スーツケースは女性警官に持たせる」

「はい」

大久保は答えながら、頭の中ですばやく金の計算をした。合計二億円は百万円の札束が二百個だから、金は四百万円必要だ。それくらいの金なら、経理に言えばすぐにでも用意できる。

「では、早速、準備にかかります」

進藤は、「うん」と頷いた。

大久保から、署長の許可が出たと聞いた捜査員たちは色めき立った。

「やれますよ、これは」

二階堂が興奮して言った。

「さっきまで様々なパターンを想定して確認していました。マル被が金を奪って逃走することはまず不可能です」

「あらゆる想定をしておけ。敵は相当に頭の切れる奴だ。どんな手を考えてくるかわからん」

刑事たちは緊張した顔で頷いた。

大久保は鈴村が苦い顔をしているのに気が付いた。

「鈴村さん、何か気になることがあるか」

「いや、ちょっとね」

「言ってくださいよ」

「これが普通の誘拐事件——たとえば人質が子供だったら、警察主体でこんな思い切った作戦をやるだろうか」

　大久保の顔が固まった。

「人質はホームレス、しかもすでに二人死んでいる。仮に作戦が失敗して、もう一人死んだとしてもやむを得ない、みたいな感情が心のどこかにあるような気がしてね」

　鈴村の言葉は部屋の空気を変えた。刑事たちは沈黙した。

「それは違う」

　大久保は静かに言った。

「今回の誘拐事件はすべてが前例のない特殊なケースだ。したがってこちらも前例のないやり方で対処するしかないんだ」

　鈴村はその言葉には反論しなかった。

＊

「蓑山《みのやま》さん、お待たせ」

『週刊文砲』の編集長の桑野が喫茶ルームにいる蓑山に声を掛けた。

「ああ、桑野さん、久しぶりですね」蓑山は椅子から立ち上がって挨拶した。「たまたま近くに用事があってね。編集長の顔を見ておこうと思って寄ったんだが、忙しかったかな」

「いや、受付から電話を貰ったのはちょうど会議が終わったところだった。三十分くらいは大丈夫だ」

桑野はそう言って椅子に座ると、コーヒーを注文した。

「今週号、売れてるらしいね」

「蓑山さんの取材のお陰だよ」

「いや、誘拐事件の犯人のお陰だろう」

蓑山の冗談に桑野は笑った。

「私もこの事件のお陰で、何本か記事が書けたし、その意味では犯人に感謝だな」

「ところで蓑山さん、この犯人捕まるかな」

桑野が訊いた。

「さあ、どうでしょうね」蓑山は首を捻《ひね》った。「犯人は相当頭の切れる奴みたいですからね」

「犯人は何者かな」

「いろんな説が出ていますね。ヤクザ、テロ組織、半グレとか。中には外国人グループだというのもある。ただ、私はアマチュアではないかと思います」

「理由は？」

「特に根拠があるわけじゃないんですが、今度の事件は金だけが目的じゃない気がするんですよね。裏には、メディアの偽善の仮面を剝ぎ取りたいという動機があるような」

「そういう部分も感じられるけど、そんなことのために二人も殺すかな」

桑野にそう訊かれた蓑山は「そこのところはよくわかりませんが」と言って続けた。

「あと、世間に対する一種の復讐が目的のようにも見えます」

「何に対しての復讐？」

「なんて言えばいいのかな――繁栄の陰に置き忘れられた者たちの怒りというか、私たち普通の市民が切り捨てていった者からの報復というか」

「それ、全然矛盾してるよ。ホームレスの命を一番軽く扱っているのが今回の犯人だ。世間から切り捨てられたホームレスを利用した挙句に、無惨に殺しているんだぞ」

「それはそうなんですが」蓑山は頭をかいた。「これは何の根拠もなく言うんですが、ホームレスが自分の命を懸けて復讐している感じに見えなくもないんですよね」

蓑山の言葉に桑野は少し考える顔をした。

「自分の命を懸けてなんてことはさすがにないと思うが、今回の事件は、社会にひとつの問いを投げかけたことだけはたしかだな」

蓑山は頷いた。

「命の値段は、その人物の重要性によって決まる。親にとっての子供や、会社にとっての社長なら、値段は当然高くなる。しかし他人の子や他社の社員なら、一円の価値もない」

桑野の言葉に、蓑山は「身も蓋もない言い方ですが、そうですよね」と言った。

「つまり、身寄りもないホームレスなんか金銭的な価値はゼロと言える。彼らは社会に対する貢献度もゼロだ——というか、むしろ社会にとってマイナスだという見方もある。だから、最初、この誘拐事件が起こった時、ネットでは、身代金なんか払えないという意見が百パーセントだった。ところが、ここにきて、彼らの命にも金銭的価値があるんじゃないかという見方が出てきた」

「新聞社やテレビ局に対する非難の声というのは、言い換えればそういうことですよね」

「その意味で、今回の事件は面白い」

＊

大久保の提案を受けた岩井はしばらく無言だった。

「東光新聞さんには絶対に迷惑をかけないと約束します。受け渡しはあくまで警察主体でやります。東光新聞さんは、犯人側に『取引に応じる用意がある』と返事をするだけです。金は警察が用意します。ですから、東光新聞さんが身代金を支払うということにはなりません」

「警察が一億円も！」

「いえ、百万円の札束の上下だけで、あとはダミーです」

「スーツケースに入れるなら、全部、ダミーでもいいのでは？」

「犯人が途中でケースから出して別のカバンか何かに詰め換える可能性もありますから」

「その際、パラパラッとめくったらバレませんか」

「一応、ダミーの紙幣とはいえ、本物に似せてあります。札の中央部分が空白になっていて、そこに『見本』という文字が入っています。紙質も近いです。帯封が付いたままパラパラッとめくったくらいでは、わかりません」

「なるほど」

「応じていただけますか」

岩井は少し考えてから、「わかりました」と答えた。

「ありがとうございます」

大久保は頭を下げた後、「もう一つ、お願いがあります」と言った。

「何でしょう」

「サイトへの返信に、影山貞夫以外の三人の声も聞かせてほしいと書き加えてください。それともう一度、明日の朝刊各版のレイアウトを変えてくれませんか」

岩井は、犯人にもうその手は通用しないと思いながら、「わかりました」と答えた。

京橋署の刑事たちが帰った後、岩井は「犯人が言ったとおりの展開だな」と唸った。

副社長の安田が頷いた。数時間前に犯人から届いたメールにはこう書かれていたのだ。

〈警察は、身代金の受け渡しに応じてほしいと要請してくるかもしれない。その時は受けろ。もちろん、我々はその金を奪う気はない。だから金は偽物でもいい〉

今まさにその通りに話が進んでいる現実に、岩井は恐怖を覚えた。一瞬「こいつは悪魔なのか」とさえ思ったが、その考えはすぐに打ち消した。犯人は神でも悪魔でもない、人間だ。ただし恐ろしいほどの知能を持っている。あるいは警察の内部に協力者がいるのか――いずれにしても、警察はこの犯人には勝てないと確信した。

もう神経が参りそうだった。犯人と裏交渉を行ないつつ、それを警察に隠したまま、警察と足並みを揃えて表の交渉をする。さらに金の算段もある。もはや精神的にも肉体的にも限界に近かった。

しかしまだ大一番の仕事が控えている。犯人への金の受け渡しだ。はたしてそんなことがうまくいくのかどうか、岩井はその可能性がどれくらいあるのかさえ考える気力が湧かなかった。とにかく今は一刻も早くこの苦しみから解放されたいという思いしかなかった。そのためなら四億くらいの金は安いものだと思った。

*

「大和テレビと東光新聞が、身代金は払わないという返信をサイトに送ってきました」

石垣が淡々と言った。高井田が頷いた。

「でも、東光新聞がまた人質の動画をアップしろと言ってきています。今度は他の三人の声を聞かせろと」

「新聞の版でもう一回引っ掛けようというわけだな」影山がいまいましげに言った。

「もうその手には乗らないのに」

「明日は横浜あたりまで足を延ばして新聞を手に入れましょうか」

石垣が笑いながら言った。

「いや、そういう挑発は無意味だ。別の手を講じる」高井田が言った。「それにしても、この要求はむしろ好都合だ」

そしてにやりと笑った。

「ところで石垣」高井田が言った。「時間を遅らせて、サイトに文章をアップさせることは本当に可能なのか」

「全然問題ありません。タイマー録画みたいなもんです」

「それを聞いて安心したよ」

高井田が笑った。

「じゃあ、最後の記念写真といこうか」

六月一日（二十五日目）

その朝、「誘拐サイト」に大和テレビと東光新聞の返信がアップされた。両者とも「身代金は払わない」という内容だった。

ネットでは、事件が膠着状態になったと見られていた。このまま互いに平行線を辿れば、再び人質の命が奪われる結末を迎えることになるが、一方で犯人側も次から次へと人質を殺すわけにはいかないだろうという見方もあった。人質は犯人側にとって一番の手駒であり、それが減れば、アドバンテージも少なくなるからだ。

犯人側の声明の文体に変化が出てきているのは、ネット民の多くも気付いていた。それを「焦り」と取る者もいたし、「苛立ち」と取る者もいた。書き手が替わったという見方をする者もいた。

*

「金が用意できました」

副社長の安田らが社長室にやってきて、社長の岩井に報告した。

「今、段ボール箱を準備しています」

岩井はソファに深く腰をかけたまま、小さなため息をついた。

「今、自分がやろうとしていることが現実とは思えない」

四人の男たちは黙って頷いた。

「まるで悪夢を見ているようだ」

「しかし、明日にはすべて終わります」

安田の言葉に、岩井がかっと目を見開いた。

「すべてが終わるだと！　それからが本当の悪夢の始まりだ」

岩井の前に立っている四人の男たちは無言になった。

「誰が行きますか」安田が訊いた。

「社長と副社長が行くのはさすがに無理だろう。警察の目もある」

岩井が言った。

「私と橋爪が行きます」

専務の木島が言った。

「二人で大丈夫か」

「大丈夫です」

「頼むぞ」

その時、パソコンからメールの着信音が鳴った。メールを開いた常務の橋爪が「犯人からです」と言った。

「読みます。――最終確認、明日、六月二日十五時」

＊

大森の目の前には五つの段ボール箱が積まれていた。その箱の中には、詰め込んだばかりの五億円の現金が入っている。

大森の両横には詰め込み作業を終えた四人の役員が立っていた。

「我が社の社員の生涯年収はだいたい五億くらいだと思うが、四十年以上かかって、これくらいしか手にすることができないんだなあ」

大森が言うと、副社長の沢村が「それでも五億円というのは大金ですよ」と言った。

「たしかに大金だが」大森は言った。「大和テレビにとってみれば、まるでたいした金じゃない。たったこれだけの金で大和テレビと『三十六時間テレビ』を守れるなら安いものじゃないか」

役員たちは頷いた。

「今は一刻も早く手放してしまいたい気分だ。明日、これを犯人にくれてやれば、すべては解決する」

大森は吐き捨てるように言った。

「このことは皆、墓場まで持っていくんだぞ、いいな」

大森は全員の顔を睨むように見た。役員たちは唇を固く結んだ。

六月二日（二十六日目）

その朝、人質の音声動画が再びアップされた。前回とは違って、今度は四人の人質が一言ずつ名前を語っていた。

「畜生め！」

動画を睨んでいた玉岡が言った。「テレビ欄を向けてやがる」

二階堂もパソコン画面を見て、やられた、と思った。テレビ欄はどの版も同じだ。これでは犯人が新聞をどこで買ったのかわからない。最後のチャンスに懸けたが、空振りに終わったか。収穫は三人の声が新たに取れたことだけだ。おそらくたいした手掛かりにはならないだろう。

それがわかっていながら、二階堂は「音声から何か摑めないか」とパソコン班に訊いた。刑事たちの反応は薄かった。

「人質の服装や髪形から何かないか。以前の動画との変化から何か見えてくるものはないか」

その時、別の机で動画を見ていた山下が「何かノイズが聞こえます」と小さく叫んだ。皆が彼女の方を見た。山下はイヤホンで音声を聞いていた。

「少しだけ静かにしてもらえますか」

山下の言葉に、部屋にいた全員が黙った。山下はイヤホンから人質の音声が周囲に漏れるほど音量を上げ、目を閉じて音を聞いた。

「――何か聞こえます」山下は言った。「電車の音のようです」

部屋がどよめいた。

「間違いないか。電車の音か」

二階堂が訊いた。山下がイヤホンを外して「おそらく」と答えた。

「よし、すぐこの動画を科捜研に回せ。どこの電車の音か調べるんだ」

「電車の音で、どの路線かわかるものですか」誰かが訊いた。

「そんなの知ったことか。しかし鉄道オタクならわかるかもしれないじゃないか。もし、どこの鉄道かわかれば、犯人が潜んでいる沿線がわかる」

＊

「5ちゃんねるでは、犯人のアジトのエリアがわかったと大きな騒ぎになっていますね」

『週刊文砲』デスクの林原が編集長の桑野に声をかけた。

「まさか、電車の音が動画に入っているとはな」桑野が頷いた。「猿も木から落ちたか」

「私なんか全然気付きませんでしたよ。パソコンの音声を最大にしても、単なるノイズにしか聞こえませんでした」

「ネット民を舐めたら駄目だということだな」

「5ちゃんねるでは、埼京線沿線だということです。鉄道マニアってすごいですね。あんなノイズみたいな音からどの電車かわかるんですから」

桑野はお手上げという風に両手を広げて見せた。

「驚いたことに、代々木駅付近ということまでわかったらしいですよ」

「どうしてそこまでわかるんだ」

「音を徹底して分析した音声マニアがいるらしく、それだけを拡大してネットに載せている奴がいて、その音から代々木駅付近の踏切の音らしいというのが、最新情報です」

桑野は「ひえー」と声を上げた。「なんだ、それ！」

「本当か嘘かわかりませんが、踏切と電車の上り下りの音のタイミングから、午前七時二十二分に動画が撮られたという説もあります」

「もし、それが本当なら、犯人のアジトはかなり絞り込めるな」

「はい」

「土壇場に来て、犯人がついにミスったか――」桑野が唸った。「いや、ネット民の凄さを甘く見ていたか」

「そうだとすると、犯人はネットを利用して犯罪計画を進めて、逆にそのネットにやられたことになりますね」

「警察もそれを掴んでいるだろうか」

「仮に掴んでいなかったとしても、ネットの情報はすでに入っているでしょうから、科捜研に持ち込めば、たちどころに音声分析もやってのけるでしょう」

「こうなればぼやぼやしていられないな。すぐに代々木駅周辺に記者を向かわせろ」

桑野の言葉に林原はにやっと笑った。

「もうすでに何人か向かっていますよ」

桑野は一瞬驚いた顔をしたが、すぐに苦笑した。

*

「今、ネットでは大変な盛り上がりです。アジトがほぼ特定されたと」

安田が岩井に報告した。社長室には岩井を含む五人の役員がいた。

岩井は「そうか」と力ない声で言った。「犯人が言っていた通りに、ことが運んでいるわけだな」

安田は「そういうことになりますね」と言った。

岩井は、昨夜遅くに来た犯人からのメールを頭の中で反芻《はんすう》した。

〈明日の朝、サイトに動画をアップするが、警察は動画にかぶせておいた電車の音で見当違いの捜索をするだろう〉

岩井は深いため息をついた。そして呟くように言った。

「俺は犯人は全知全能なのかという気がしてきたよ。恐ろしい奴だ」

その言葉は社長室にいた全員の気持ちを表していた。ここに至るまですべては犯人の思惑通りに進んでいる。警察でさえも、犯人の掌《てのひら》の上で転がされている。こんな犯人に自分たちが対抗できるはずもない。今日の朝まで、身代金の支払いにはわずかな迷いと躊躇があったが、それがほぼ消し飛んだ。

犯人の能力は警察を上回るだけではない。彼らは世論を操作する力までも持っているのだ。ネットでは東光新聞に対する非難や中傷が日を追って増えている。すでに一部の販売店からは購読契約を解除する読者が出始めているという情報が上がっている。ここで犯人が人質を殺したなら、東光新聞は常日新聞と同じ目に遭う。いや、もし犯人が人質を二人殺したなら、ダメージはより大きいかもしれない。

犯人との裏取引はもはや不可避だと思えた。これ以外に東光新聞のダメージを減らす選択はない。四億円は企業にとっては大きいが、もし常日新聞と同様に購読者が二パーセント減れば、痛手はそれどころではすまない。回避する方法は一つしかない——。

一縷《いちる》の望みは、「裏取引の疑いは残さないようにする」という犯人の言葉だった。その保証はどこにもなかったが、今となってはそれを信じるしかない。そしてこの犯人なら、それを実行しそうな予感があった。

とにかく今は、一刻も早くこの苦しみから解放されたいという思いしかなかった。

「金はもう車の中に運んだな」

岩井は確認した。

「はい。昨日のうちに積んであります」安田が答えた。

「一晩置いていたのか」

「地下の役員用の駐車場ですし、警備員も二十四時間見張っていますから、そこが一番安全です」

岩井は頷いた。

「それでは、行ってきます」

「頼むぞ」

木島と橋爪の二人が社長室を出た。部屋に残ったのは、三人だけだった。

岩井は呟くように言った。

「この決断は、生涯俺を苦しめることになるかもしれん」

安田と立花は黙って頷いた。

*

大久保は、犯人たちのアジトがわかったと騒いでいるネットを苦々しく思った。秘密裏に捜査員を大量投入しようとしていたのに、ここまで騒がれてはそれも難しい。現場からの情報では、すでに周辺には新聞記者やテレビクルーなどの姿があるという。住民の間にも緊張が高まっていて、これでは犯人に用心しろと言っているようなものだ。おそらく犯人たちはアジトに息を潜めているだろう。怪しげな人物を見つけて尾行して突き止めることはかなり難しくなった。

京橋署には、代々木駅周辺に怪しげなマンションがあるといった情報や得体の知れない住人がいるという通報が殺到していた。もしかしたら重要な情報が含まれている可能性もあるため、捜査員たちはそれらをひとつずつ潰していった。

一方で、二日後の身代金受け渡しに向けての準備も並行していた。アジトを突き止める前に、犯人が動き出す可能性があるからだ。それに人質がいる場所と犯人のアジトは別の可能性もある。いずれにしても両面作戦で行なう必要があった。

「身代金の用意はできたのか」

大久保は二階堂に訊いた。

「明日中にはすべての札束と発信器を仕込んだ札束を用意できます」

二階堂が答えた。

「帝国ホテルとホテルニューオータニには人を配置してるな。犯人は事前に現場を下見に来る可能性がある」

「はい」安藤は答えた。「すでに通行人に扮して交代しながら近辺を歩かせています。怪しげな人物がいたら、すぐに尾行できるようにしています」

捜査本部の会議では、犯人が金を奪う方法について考えられる限りのシミュレーションをしていた。

犯人はおそらくスーツケースを持った女性警官の携帯電話に電話をかけてあちこち振り回すだろう。そして尾行の刑事をまき、チャンスと見ればスーツケースを奪う。その際に使われるのは車だ。スーツケースにはＧＰＳ付きの発信器が仕込んであり、犯人がどこへ逃げようと、常にその場所を把握できる。仮に金だけを抜き取って、スーツケースを捨てても、札束の二つに同じ発信器を仕込んである。犯人が一刻を争う逃走中に、わざわざ札束の帯封を解くとは考えられない。帯封を解くのは、少なくとも金をアジトに運び込んだ後だろう。その時は、すでにアジトは警察によって包囲されているはずだ。

大久保は思った。もし「グリコ森永事件」の時に、こうした機材があれば、「かい人21面相」は捕まっていただろう。その意味では、二十一世紀の今、身代金目当ての誘拐事件はほとんど不可能になっていると言える。どこまで用意周到に犯行を計画し、どれほど上手く姿を隠したとしても、最後、金を奪う時は、姿を現さなくてはならない。たとえ銀行口座に振り込ませたとしても、引き出せなければ意味がない。犯人は現金を直接手に入れるしか方法がないのだ。

受け渡し現場で用心しなければならないのは、金を受け取りに来た人物が、犯人ではない場合だ。「グリコ森永事件」の時は、犯人に恋人を拉致された一般人が使われた。今回もそのケースでないとは限らない。犯人グループに金で雇われたチンピラがのこのこやってくるという可能性もある。振り込め詐欺ではよく使われる手だ。それだけに、金がアジトに運び込まれるまでは、慎重な動きをしなければならない。

犯人がスーツケースを持った女性警官に、電車に乗れと命令する可能性も考慮していた。仮に首都圏から出たとしても、すぐに近隣の県警と連携できるように手筈《てはず》は整えてあった。また東京駅を始めとするターミナル駅には、すぐに新幹線に飛び乗れるように刑事を何人も貼り付かせていた。やれることはすべてやった。もし犯人が身代金を受け取りに現れたなら、確実に捕まえる。すべては二日後だ。

しかし大久保はできるならそれまでに犯人を逮捕したいと思っていた。身代金の受け渡しまでまだ時間はある。

＊

「一時だ」

高井田は腕時計を見て言った。三人の男は緊張した顔で彼を見た。

「そろそろ行こうか」

高井田は立ち上がった。

「高井田さん」石垣が不安そうな声を出した。「大丈夫でしょうか」

「何が？」

「もし、警察の罠だったら――」

「その時は捕まるまでだ。違うか」

それを聞いて全員が笑った。

「しかし、念のために保険はかけておく」高井田は真面目な顔で言った。「これも計画通りだ」

影山は石垣の両手と両足に手錠をかけ、さらにそれをチェーンで繋いだ。

「悪いな。しばらくの辛抱だ」

「九億のためならたいしたことないです」石垣は笑った。「けど、早めに帰ってきてほしいです」

「わかってる」

高井田たちは時間差で雑居ビルを出て、ばらばらに一駅離れたコインパーキングまで歩いた。

ワンボックスカーに集合したのは二時半だった。

運転は影山だった。高井田と大友は後部座席に座った。影山の免許は切れていたが、運転技術はピカイチだ。万が一の時には心強い。

三人は車の中で、この日のために用意していた新しい作業着に着替えた。さらに帽子を被り、サングラスとマスクをした。それから体中にたっぷりと消臭剤をスプレーした。

「実際のところ、警察の罠の可能性はどれくらいと見てる？」

影山が訊いた。

「一〇パーセント以下」

高井田は答えた。それを受けて大友が言った。

「大丈夫や。大和テレビと東光新聞には、充分に心理戦を行なった。彼らを完全に誘導してる自信はある」

影山は運転しながら頷いた。

「しかし何度も言うように絶対はない」高井田は力強い口調で言った。「もしかしたら、今から俺たちは警察が待ち伏せているところに飛び込むのかもしれない」

「いいさ」影山は軽やかに言った。「俺は高井田さんが五分五分と言っても、やるつもりだった。この一ヵ月、これほど充実した日々はなかったよ。仮に失敗して刑務所に入っても悔いはない」

「多分、刑務所の中は路上生活よりもずっと快適やぞ」

大友の言葉に影山は笑ったが、高井田は笑わなかった。

「お前らが刑務所に入ることはない」高井田は静かに言った。「何度も言ったように、もし警察が張っていたら、俺たちは犯人グループに脅されて、金の受け取り役をやらされたと言うんだ。そのために石垣を人質にしておいた」

高井田たちは、自分たちは犯人たちに攫われて一ヵ月以上軟禁状態にされたというシナリオをほぼ完璧に頭に叩き込んでいた。空いている時間はほとんど、そのシナリオの反復と確認に費やしていたから、今では全員がその偽の記憶が本物ではないかと錯覚するくらいに、頭と心に刻み込まれていた。

もちろん部屋を出る前に、部屋中のすべての指紋を拭き取り、毛髪や垢などの一切の証拠が残らないように消していた。もっとも、この作業は日頃から徹底していた。警察が捜査して、人質の毛髪以外のものがまったくないとなれば、犯人はそもそも存在していなかったのではないかと疑いが生じるが、すべてのものがなければ、その疑いは消える。犯人は偏執的に部屋の清掃を繰り返していたという高井田たちの証言があれば、警察も納得するだろう。

誘拐犯は全部で五人、彼らの身長、体重、年齢、話しぶり、顔の特徴なども完全に作り上げていて、それも四人の間で共有していた。犯人と人質との間の会話なども作り上げていた。個別に事情聴取されたとしても、まずボロが出ないまでに何度もシミュレーションを繰り返した。さらにすらすらと答えすぎるのはかえって不自然なので、詰まったり忘れたりする練習も行なっていた。練習時間はたっぷりとあった。

ただ、それでもすべてが計算通りにいくとは限らない。しかし、その時はその時だ。

影山の運転する車が、目指す駐車場の近くに着いた。

「次の交差点を曲がると、百メートルほどで、受け渡しの駐車場だ」

高井田と大友は頷いた。今のところ、周囲に警察の覆面パトカーらしきものはない。

車は交差点を曲がった。まもなく左手に駐車場が見えた。高井田は腕時計を見た。十五時五分前だった。

車はどんどん駐車場に近づく。影山がしきりに周囲を警戒しているのがわかった。

「影山、周囲を気にするな。警察がいたら仕方がないと思え。金をきっちり受け取ることだけに集中しろ」

「はい」

高井田は、警察が近辺を走る車を撮影している可能性を考えていた。犯人に脅されて受け取りにやってきた人質が、周囲を警戒する素振りをするのは心証としてよくない。

「駐車場に入る」

影山が緊張した声で言った。高井田は「慌てなくていい」と言った。影山は車をバーの前で停め、窓を開けて駐車券を取った。バーが上がり、車は駐車場の中に入った。この駐車場には防犯カメラが設置されていないことは事前に調査済みだった。

「いた」

影山が言うと同時に、高井田もそれを認めた。

奥に黒のベンツが停まっていて、その横にスーツを着た二人の男が立っている。そこから二十メートルほど離れたところに、これもやはり黒のベンツで同じくスーツの男が三人立っていた。二つの集団は互いをちらちらと意識していた。

双方ともに相手が大和テレビと東光新聞ということはわかるだろうと高井田は思った。自分たちと同じように身代金を持ってきたと想像がつくに違いない。しかしそれでもい い。双方の関係者たちはそのことを誰にも漏らさないはずだ。

「奥のベンツを先にしよう」

高井田が指示した。車はベンツの前に停まった。高井田と大友が車から降りた。影山は運転席に座ったまま、エンジンも切らなかった。

ベンツの前に立っていた二人の男は、キャップを目深に被りマスクとサングラスをつけた高井田たちを見て、びくっとした。

高井田は二人に近寄ると、「箱は？」と訊いた。

「車の中です」

「すぐに下ろして、こっちの車に積め」

二人の男はベンツのドアを開けると、段ボール箱を下ろして、高井田たちのワンボックスカーに積んだ。段ボール箱は後部座席に二つ、トランクに二つだった。全部を積み終えるのに、三分とかからなかった。

高井田は大友と一緒に車に戻ると、影山に「次は右のベンツだ」と指示した。影山は器用に車をバックさせ、もう一台のベンツの前に停めた。高井田と大友が再び車から降りた。

ベンツの横に立っていたスーツ姿の三人の男は怯えているように見えた。おそらく二十メートル先で行なわれていた高井田たちの行動をずっと見ていたのだろう。その分、恐怖心が増しているようだった。

高井田が「箱を下ろして、こっちの車に積め」と言うと、男たちは弾かれたように、車から段ボール箱を下ろして、ワンボックスカーに積み込んだ。箱は全部で五つ。こちらも時間にして三分もかからなかった。作業を終えると、高井田と大友は車に乗り込んだ。

高井田が「撤収」と言うと、影山は「了解」と言って車を急発進させた。

「急ぐな！」高井田は鋭い声で言った。「ゆっくり行け」

「はい」

影山はゆっくりとゲートに行き、料金を払おうとしたが、手袋をしているのと、指が震えているのとで、硬貨がうまく入らなかった。

高井田が後部座席から降りて、影山から金を受け取って、投入口に入れた。バーが上がると同時に、高井田は車に乗った。

影山が車を駐車場から出すと、高井田は「いったん車を停めろ」と言った。

「深呼吸をしろ。大きく、十回だ。安心しろ、警察はいない」

影山は言われた通り大きく深呼吸をした。高井田はその回数を声に出して数えた。

「落ち着いたか」

「はい」

その声はさきほどの緊張していた声とは全然違った。

「よし、では安全運転で帰ろう」

六月三日（二十七日目）

「いよいよ明日だな」

大久保は捜査員を前にして言った。

「もし犯人が現れることになれば、絶対に失敗は許されない」

捜査員たちは真剣な顔で頷いた。大久保は失敗すれば辞表を提出する覚悟だった。それは京橋署の刑事たちもうすうす感じていた。それだけに何が何でもホシを挙げなければならないという気持ちだった。

「朝、東光新聞に、犯人からのメールがあった。明日、予定通り決行するという文面だった」

「ふざけやがって！」

玉岡が言った。大久保はちらっと玉岡を見たが、かまわずに続けた。

「しかし身代金受け渡しまで、まだ二十四時間以上ある。現在、代々木周辺にローラー作戦を実施している。残念ながらまだ重要な手掛かりは摑めていないが、本日中にも犯人のアジトに迫れる可能性もある。できれば明日の身代金受け渡しまでには犯人を確保したい。しかしそれが駄目だった場合、身代金受け渡しで捕まえる」

その時、捜査本部の電話が鳴った。三田が電話に出て、何か喋っていたが、みるみるその顔色が変わった。三田がいったん送話口を押さえると、大久保に言った。

「大崎署の生活安全課からですが、五反田の雑居ビルから叫び声が聞こえたという通報があったようです」

「それがどうしたんだ。よくある痴話喧嘩だろう」

「そうなんですが、その部屋の住人は男ばかり何人かで暮らしているとのことです」

「何だと！」

「通報した人の話によると、男たちはいつも帽子とサングラスとマスクをつけているそうです。大崎署の刑事が今から現場に向かうそうですが、もしかしたら誘拐事件との関連があるかもしれないということで、一報をくれました」

「何というビルだ」

二階堂が訊いた。

「東五反田のトウゲンビル3号です」

全員が部屋に貼られている地図を見た。そのあたりは以前、聞き込みのローラー作戦で潰したところだった。

「あっ」

玉岡が声を出した。

「どうした」

「そこ――俺が聞き込みで行きました」

「本当か」安藤が詰め寄るようにして言った。「どんな報告をしたんだ」

「詳しくは覚えていませんが、その時は特に怪しいことはなかったと思います」

「誰と行った？」

玉岡は慌てて手帳をめくった。「たしか伊東巡査と一緒でした」

「何か覚えてないか」

二階堂が訊いた。玉岡はしばらく目を閉じて記憶を呼び覚まそうとした。

「長髪の男がいました。エレベーターホールに」

「何か特徴はなかったか」

「いや、普通の人でした。特に何か特徴があったわけではありません」

「何も覚えてないのか」

「そうですね。その男、妙に臭かったことくらいしか——体臭ですけど」

「なんだそれ？」

二階堂が呆れたように言った。

「それ、ホームレスの臭いじゃないか！」

鈴村が立ち上がって言った。部屋にいた全員の顔色が変わった。鈴村は言った。

「もし、そのビルにホームレスが閉じ込められているとしたら、犯人の服に臭いが移っても不思議じゃない」

「すぐに大崎署に電話だ。現場に踏み込むのはしばらく待ってくれと」

二階堂は怒鳴った。

「あと、現場近くにいる捜査員をトウゲンビル3号に向かわせろ。周辺のパトカーもだ」

「はい」

「俺たちも行くぞ」

捜査員たちは一斉に立ち上がった。

＊

佐野《さの》光一《こういち》は久々に復活したツイッターに、昨日見たことを書き込もうと思った。

「たまたま通りかかった人形町の駐車場で面白い光景を見た。スーツ姿の男たちがベンツからいくつもの段ボール箱を出して、作業着を着たサングラスの怪しげな男たちに渡していた。あれ、絶対に怪しい。危険な取引に違いない。念のためにベンツのナンバーも控えておいた」

佐野は文字を打ち込みながら、その時の光景を思い浮かべた。

歩きながらスマートフォンを見ていると、子供とぶつかってスマートフォンを落としてしまったのだ。スマートフォンは地面を転がって、運悪く側溝の蓋の隙間から下に落ちた。「どこまでついてないんだよ」と呟きながら、道路に膝をついて側溝の隙間に必死に手を差し込んでスマートフォンを取ろうとした。その時、フェンス越しに駐車場にいる男たちの姿が目に入った。

あいつら何してるんだ、と思いながら見ていると、一台のワンボックスカーが近寄り、ベンツから段ボール箱を出して積み替えているのが見えた。ワンボックスカーはすぐに少し離れた別のベンツのところに行き、同じことをした。佐野はスマートフォンを拾うのも忘れて、その光景を見ていた。ほどなくしてワンボックスカーが駐車場を出ていった。佐野はようやくスマートフォンを拾うと、駐車場に入って、二台のベンツのナンバーを記憶した。そして駐車場を出ると、それをスマートフォンにメモした。

佐野は自分が見たのは絶対に怪しい取引だと思った。

それで一日経ってからツイッターにそのことを書き込もうとしたのだが、ツイートする直前に突然不安に襲われた。このことでまた警察に呼ばれたら、どうしようと思ったのだ。一味と勘違いされて、事情聴取されたらどうしよう。今度は簡単に帰してもらえないかもしれない。佐野の心にあの時の恐怖が蘇った。いや、もっと怖いのはベンツの男たちに狙われることだと気付いた。もし暴力団関係者なら、ただでは済まない。警察の怖さどころではない。

佐野は打ち込んだ文章を破棄した。それからスマートフォンにメモしていた車のナンバーも削除した。

危ないとこだった――と心の中で呟いた。面白がってツイートなんかするとろくなことにならない。俺もひとつ成長したな。

＊

二階堂らが五反田の雑居ビルの近くに着いた時は、警察官や捜査員たちが既に周囲を取り囲んでいた。

ビルから出てきた人たちに刑事が一人ずつ職質し、身分が明らかになるものを持っていない者はそのままパトカーに乗せられ、任意で事情聴取を受けていた。物々しい雰囲気に付近の住民たちも不安そうに警察官やパトカーを見つめていた。

「大崎署の黒田《くろだ》です。生活安全課の巡査部長です」

現場を取り仕切っていた刑事が挨拶した。

「問題の部屋は七階の七一一号室です。借り手は飯山幸次《いいやまこうじ》という人物ですが、おそらく偽名と思われます。ただ、保証人として高井田康の名前がありました」

「高井田だって！」

「仲介した不動産屋の記憶では、契約した人物は高井田に似ているということです」

「部屋にはもう踏み込んだのですか」

「まだです」

黒田が京橋署の顔を立ててくれたのがわかった。二階堂は軽く一礼して、心の中で礼を言った。

「踏み込む前に、状況を教えてくれませんか」

「大崎署に一一〇番があったのは、午前七時十一分です。通報してきたのは、同ビル七一二号室の住人です。通報によると、七時頃、隣の七一一号室で人が争うような大きな物音がして、その直後に、男性の叫び声が聞こえたということです。叫び声は反対側の七一〇号室の住人も聞いています。同じ時刻にもう一件、非通知の匿名で同じ内容の通報がありました」

二階堂は頷いた。二つ目の非通知の匿名というのは少し引っ掛かったが、最近はこうした通報も珍しくない。

黒田は続けた。

「ただ、このあたりは暴力沙汰のトラブルもよくありまして、男同士で暮らしているマンションだと、その手の喧嘩もたまにあって、そういう通報も珍しくないんです。最初は近くの交番の巡査がビルを訪ねて、インターホンを鳴らしたのですが、応答がなかったのでそのまま引き上げました。それが午前七時四十分。その報告をたまたま耳にしたうちの刑事が、念のために不動産屋に問い合わせ、七一一号室の住人の名前を調べた時に、保証人として高井田康の名前を見つけたのです。それが午前十一時です」

二階堂は、七一一号室にいる男たちは誘拐犯人に違いないと確信した。

「よし、行くぞ！」

二階堂は、部下に踏み込む用意をしろと告げた。

五分後、二階堂始め八人の刑事が七一一号室の前にいた。

安藤がインターホンを鳴らしたが、応答はなかった。

「どうします？」

安藤が二階堂に訊いた。二階堂は一瞬迷った。もしかしてこれは犯人の罠かもしれないと思ったのだ。自分たちがおびき出されている間に、犯人たちは身代金の受け渡し現場に向かっているのかもしれない。

それにドアをこじ開けて押し入るには、捜索差押許可状がいる。しかし二階堂は、叫び声が聞こえたという住人の証言で何とかなると思った。

「入ろう」

二階堂の言葉を聞いて、安藤は管理人から預かった合鍵でドアを開けた。ドアには内鍵もなく、チェーンも掛かっていなかった。

部屋を開けた途端、むっとする異臭が二階堂らの鼻をついた。汗とごみを混ぜたような臭いだった。最初に安藤が玄関に足を踏み入れた。続いて玉岡が入った。犯人が抵抗してくることを用心して、二人とも右手に特殊警棒を摑んでいた。遅れて二階堂らも踏み込んだ。

「飯山さーん、いらっしゃいますか」

安藤が表札の名前を呼んだ。返事はなかった。

刑事たちは狭い廊下をじりじりと進んだ。正面のダイニングキッチンには誰もいなかった。その時、二階堂はドアで仕切られた右隣の部屋の奥から人の気配を感じた。

「奥に誰かいるぞ」

二階堂は指でドアを指した。安藤も黙って頷いた。

「班長、下がっていてください」

安藤は小声で言うと、警棒を持って身構えた。それから用心深くドアを開けた。その瞬間、より強烈な異臭が漂った。

部屋の中は真っ暗だった。しかし中に人の気配がたしかにあった。安藤が腕を伸ばして壁のスイッチを探り、明かりを点けた。

部屋の中には、手錠をされた四人の男が転がっていた。

＊

警察の調べで、部屋の中にいた四人の男は、誘拐されて人質になっていた男たちであるということが確認された。

高井田の顔面には殴られた痕があり、発見された時は、目の上の傷と鼻から血が流れていた。犯人に抵抗して、暴行を受けたと見られた。

人質たちの証言から、犯人は全員で五人、ただ、常時、雑居ビルにいたのは三人で、他の二人は滅多に雑居ビルには現れなかったという。部屋の中にあった大型の冷凍庫から一体分の遺体が見つかった。遺体は胴体と手足が切断され、それぞれがビニール袋に密閉包装されていた。それは人質となっていた松下和夫のものであることがＤＮＡ鑑定でわかった。原口清の遺体はなかった。

犯人の遺留品と思われるものはなく、また犯人のものと思われる指紋や毛髪なども発見することはできなかった。人質の証言によれば、犯人は常に手袋をはめ、数時間おきに偏執的なまでに部屋の清掃を行なっていたという。

人質らは、三日の午前七時頃、高井田がトイレを使った隙を狙って逃げようとしたと証言した。

高井田は玄関ドアから脱出しようとしたところを犯人たちに取り押さえられたが、その際に何度も大声を上げた。部屋に連れ戻された高井田は犯人たちから激しい暴行を受けたという。高井田の身体には暴行を受けた痕が何ヵ所かあり、リビングの床には高井田の血痕が見つかった。

警察は、おそらく犯人たちは高井田の大声によって、アジトの発覚を恐れ、パソコンやその他の品物をすべて持ち出して、逃走したという結論を下した。ビル一階のエレベーターホールの防犯カメラにはレンズにスプレーが吹き付けられ、何も写っていなかった。スプレーが吹き付けられたのは午前十時七分だった。

人質たちは太陽光を遮られた部屋に閉じ込められていたため、日にちの感覚を失っていた。シャワーを浴びることも許されず、服は着た切りで、全員がひどい臭いを発していた。また長期間にわたって手錠を嵌められていたため、全員が手首に擦過傷を負っていた。

彼らはほとんど食事を与えられず、栄養状態はかなり悪かった。救出後、すぐに病院に運ばれ、それぞれ一週間から二週間、入院して治療を受けた。大友孝光は救出時、やや精神を病んでいると診断されたが、その後は回復した。

退院後、警察から最も厳しく事情聴取を受けたのは高井田康だった。それは犯行に使われた金と車が彼のものだったからだ。しかし多摩川の河川敷で犯人たちに拉致されたという証言は一貫しており、取り調べに当たった捜査員も、疑う余地はないという見解で一致した。

人質解放後、病院からの通報で、高井田が都内の病院でガンの治療を受けていたことがわかったが、高井田にはガンはなく、治療を受けたのは松下であろうと捜査本部は判断した。松下がガンで死なれては困る犯人たちが高井田の保険証を使って病院へ連れて行ったのだろうと刑事たちは考えたが、この筋立てには少し無理があった。それは松下がなぜ病院で助けを呼ばなかったのかという謎が残るからだ。

ただ、高井田たちの証言では松下はずっと寝たきりで意識も混濁していたということから、本人は誘拐されている自覚さえなかったのかもしれないということで落ち着いた。それ以外には納得できる筋立てがなかった。

一方、犯人の行方は杳《よう》としてわからなかった。ビルの防犯カメラには犯人らしき人物が何人も写っていたが、いずれも帽子を目深に被りサングラスとマスクで顔を覆っていたために、人相はわからなかった。しかもいずれも長髪で、おそらくこれはカツラであろうと思われた。服も帽子もズボンも靴も常に同じだったため、人物の区別さえ難しかった。

ビルの周辺には防犯カメラはなかった。そのことから犯人はそれらを調べた上で、雑居ビルを借りたのだろうと推察された。雑居ビルを出たところで服を着替え、帽子やサングラスは外していたと思われた。

人質が救出された二十日後、警視庁は、身代金の受け渡しによる犯人確保を試みていたと発表した。身代金の支払いを拒否していた大和テレビと東光新聞に対し、警察が、犯人に身代金を支払うと伝えるように要請していたことを自ら明かしたのだ。そのことで警察は若干の非難を受けたが、犯人逮捕のためにはそれしか方法がなかったという説明に世間は納得した。

もっとも残り四人の人質が全員無事に救出されたことが、非難を免れた一番大きな理由だった。結局、身代金受け渡しの予定日の前日に人質が救出されたため、受け渡しは幻に終わった。

「誘拐サイト」には人質が解放された三日後、突然、短い声明文がアップされた。

〈上手の手から水が漏れた。まあ、今回は警察の勝ちということでいいだろう〉

犯人の声明はそれが最後となった。その翌日、「誘拐サイト」そのものが消えた。

エピローグ

鈴村がドアを開けると、中年のボーイが「すみません」と声をかけた。

「申し訳ありませんが、お食事のラストオーダーを過ぎてしまったんです」

「そうか、ちょっと遅すぎたか」

鈴村が残念そうに言うと、ボーイは「ちょっとお待ちください」と言って、奥へ消えた。そして厨房に向かって「お客さんが一人見えてるんですが」と伝える声が聞こえた。

厨房の男はちらっと鈴村を見た。

ボーイが鈴村のところに戻ってきて、にっこり笑いながら「お待たせしました。大丈夫です」と言い、席に案内した。

鈴村は席に座ると、店の名前が付けられた定食を頼んだ。ボーイが弾けるような声で「定食ひとつです」と言った。厨房から「はいよ」と言う朗らかな声が聞こえた。

ボーイが去ってから、鈴村は店の中を見渡した。カウンターにテーブルが六つというこぢんまりした食堂だが、品の良さを感じさせた。庶民的な洋食屋で値段もリーズナブルにもかかわらず、客の雰囲気は悪くなかった。ラストオーダーを過ぎても、店内はほぼ満席だった。人気の店とは聞いていたが、これほどとは思っていなかった。

まもなく定食が運ばれてきた。メンチカツとサラダ、それにスープという平凡なものだったが、どこか懐かしさを感じる味だった。そしてどれも抜群に美味かった。これは流行《はや》るはずだと思った。最初は興味本位で来た客も、やがてこの味にひかれて通うようになるだろう。

水を注ぎに来たボーイに、鈴村が料理の素直な感想を伝えると、ボーイは「ありがとうございます」と微笑んだ。

食べ終わった頃には、他の客は帰っていて、店には鈴村しか残っていなかった。鈴村はボーイを呼んで、「すまないけど、ホットコーヒーを貰えるかな」と言った。ボーイは「かしこまりました」と答えた。

少ししてボーイとは別の男がコーヒーを運んできた。エプロンをしてコック帽を被っていた。

「コーヒーです。料理を褒めていただいてありがとうございます」

「いや、本当に美味しかったよ。影山さん」

男は名前を呼ばれても驚いた顔はしなかった。

「給仕をしてくれたのは、石垣さんだね」

「そうです」

「私はあの事件を担当していた刑事なんです」

影山が初めてちょっと驚いた顔をしたが、一礼すると、すぐに立ち去った。

鈴村がコーヒーを飲んでいると、エプロンをつけた別の男がやってきた。

「高井田です」

「鈴村と言います」

高井田は会釈した。

「よかったら、席に座って、一緒にコーヒーでも飲みませんか」

と鈴村がにこやかに誘った。

「ご一緒させていただきます」

高井田はそう答えると、エプロンを取って、鈴村の向かいに座った。

「私はこの春に警察を定年退職しました」

「お疲れさまでした」

「定年の前日まであの事件を追っていました」

「ありがとうございます」

高井田はそう言って頭を下げた。

「高井田さんたちが救出されてから二年近く経ちましたが、ついに犯人を捕まえることができませんでした。捜査本部は去年解散して、専従班だけで追っていたのですが、それも先日、解散となりました」

「聞いています」

いつのまにかテーブルの近くに影山と石垣が来ていた。

「二人も座らせていいですか」

高井田の言葉に鈴村は「もちろんです」と答えた。「なんなら、大友さんも」

高井田は石垣に「大友を呼んできてくれ」と言った。まもなくエプロン姿の大友がやってきた。テーブルに椅子を一つ足して、五人が座った。

全員がコーヒーを飲んだ。

「この店は皆さんが一緒に始めたのですね」

鈴村が訊いた。

「そうです」高井田が答えた。「一ヵ月以上監禁されて、生死を共にする生活で、いつのまにか互いが家族以上の存在になりましてね。それで一緒になにかやろうということになったのです」

鈴村は頷いた。

「店ができた時は結構話題になりましたね。テレビにも取り上げられて」

「おかげ様で、繁盛しています」

「それは何よりです。ところで開店資金はどうされました」

「私のマンションを売ったのと、あとは借金ですね」

鈴村は頷いた。その金の流れは店がオープンした時に警察が調べていた。高井田の言うとおりだった。

「この事件で腑に落ちなかったのが、二人の人質の死なんです」鈴村が言った。「冷凍庫から発見された松下さんの遺体を調べたんですが、彼はガンを患っていたことがわかりました。監察医の言うところでは、末期ガンだと——とすると、松下さんの死はセコナールの大量摂取による自殺という可能性も出てきます」

高井田は表情を変えずに、黙って話を聞いていた。

「もう一人の原口の死ですが――もしかしたら、松下さんの依頼によるものかもしれないなという気がしたのです。冷凍庫の中にはなぜか原口の胴体はありませんでした」

「その理由をどうお考えですか？」高井田が訊いた。

「原口の身体に暴行の痕が残っていたからかもしれません」

高井田たちは何も言わなかった。わずかな沈黙の後、高井田が口を開いた。

「鈴村さんのおっしゃるように、原口の死が松下さんの依頼によるものだとしたら、誰がそれを実行したのですか」

「もちろん犯人です」

鈴村は高井田の目を見て言った。

「犯人はなぜそんなことをしたのですか」

「これは私の想像ですが、聞いていただけますか」

「伺いたいです」

「犯人たちがこの計画を立てる時に最も心配したのは、この誘拐事件を信じてもらえるかどうかということです。子供や社員が人質になれば、誰でも本当の事件とわかる。ところが縁もゆかりもないホームレスでは、身代金を要求された方も、警察も本当の誘拐事件かどうかわからない。もちろん世間もです。しかし、もし人質が殺されたら、誰もが本当の誘拐事件だとわかる。ただ、そのためには遺体が必要になる」

高井田たちは黙っていた。鈴村は続けた。

「つまりこの誘拐事件は本来なら犯罪としても成り立ちにくいのです。ところが、仲間の一人に末期ガンの男がいて、もし彼が自分の遺体を提供すると言えば、それが可能になる。二番目の遺体——原口が松下さんの娘を殺したということを何らかの形で知った犯人たちは、彼を処刑して、その遺体を使うことを考えた。どうですか」

「鈴村さんは、犯人たちがなんらかの形で原口が松下さんの娘を殺したことを知った、とおっしゃいましたが、それを知る方法がありますか」

高井田に訊かれて鈴村は苦笑した。

「そこなんです、問題は。松下さんがその事実を突き止めることは不可能に近いし、犯人にしてもまず知りようがない。となると、単なる偶然と考えるしかないのです。それもまず有り得ない偶然です。結局、その線が上手く結びつかなければ、人質の狂言説を唱えるのも無理があるのです」

　高井田は笑った。

「今、人質の狂言とおっしゃいましたが、それって私たちが犯人だということですか」

「そう仮定すると、いろいろなことに説明がつきます。高井田さんの店は昔、東光新聞の記事と、テレビのワイドショーの映像によって、つぶれましたね。それから影山さんも昔、東光新聞の痴漢報道で会社をクビになりました。そうそう、痴漢と言えば奇妙な噂を耳にしました。二年ほど前に、あるＯＬが自分の知人や友人に自分の淫らな動画を一斉配信したというのです。興味深いのは、彼女は若い頃に、何度も痴漢の被害を訴え、示談金をせしめていたという過去がありました。もしかしたら痴漢冤罪をでっちあげて男たちから金を巻き上げていたのかもしれません。金のためか遊びのためかは知りませんが。そうだとしたら、動画配信は、彼女のうっかりミスだったとしても、バチが当ったと言えるでしょうね」

「その話が私に関係あるのですか？」

　影山が訊いた。

「いいえ」鈴村が言った。「ついでに思い出しただけです」

影山は笑った。

「私は警察官人生をほとんど刑事として過ごしました。多くの事件を追いかけてきました。中には迷宮入りになった事件もあります。しかし、たとえ犯人は逃げおおせても、いつかはその報いが来ます。天網恢々疎にして漏らさず、です。その話をしてもいいですか」

「どうぞ」

「今から三十八年も前のことです。私が綾瀬署で刑事になって初めて担当した事件です。足立区で幼い女の子が殺されました。私は彼女の仇を討ってやると必死で捜査しました。その時、一人の少年が容疑者として浮上しました。しかしその少年には決定的な証拠はなく、結局、公判を維持できないという上層部の判断で、起訴することはできませんでした。でも私は今も彼がやったと信じています。少年の名前は原口清。私は原口が殺されたと知った時、誰かが天に代わって彼を処罰したのだと思いましたね」

店の中に沈黙があった。

「鈴村さん、よかったらコーヒーをもう一杯いかがですか」

高井田の言葉に、鈴村は「ありがとうございます。いただきます」と言った。石垣が席を立って厨房に向かった。

まもなく五人分の新しいコーヒーがテーブルに並んだ。

「料理も美味しいが、コーヒーもいい」鈴村が微笑みを浮かべて言った。

「恐れ入ります」

「最後に、もうひとつだけ、いいですか」

鈴村が高井田の方を向いた。

「どうぞ」

「警察を辞めた後、これまでお世話になったところにいくつか挨拶に行きました。先日、例の事件で話を聞いたホームレス支援団体を訪ねたんですが、そこでちょっと驚く話を聞きました。三ヵ月ほど前に、五百万円の匿名の寄付があったというのです」

高井田たちは黙っていた。鈴村は続けた。

「それで、少し気になって、都内のいくつかのホームレス支援団体を回ってみたんです。すると、この一年のうちに、そうした匿名の高額寄付を受けた団体が何ヵ所もあることがわかりました。東京だけでなく、大阪や名古屋にもそうした寄付があったようです」

鈴村はそこでコーヒーを一口飲むと、にっこりと笑って言った。

「刑事を辞めた後に、いい話を聞けてよかったと、心から思いましたよ」

解　説

門田隆将

ミステリー小説を読む際、多くの読者が楽しみにしているのは、途中で「結末」を想像することである。

素晴らしいミステリー作品には、ストーリー展開のための複雑な仕掛けと、読者の共感を呼び起こす人間ドラマ、さらには結末の意外性……など、人々を惹《ひ》きつける多くの要素が求められる。すでに事実が確定し、結果がわかっているノンフィクション作品との最大の差がそこにある。

結末を想像しながら、ミステリーを読み進めるのは、読者にとっては、作家とのある種の会話を意味するのかもしれない。その点で言えば、終盤の展開が自分の想像の範囲内で収まるなら、たとえ内容が面白くても、傑作ミステリーとは言えない。

私は本作も、途中から結末を想像しながら読んでいった。そして、読み終えた時、そうか、そうだったか、と呟き、犯罪ミステリーでありながら、なぜか爽やかな読後感に包まれるという、不思議な感覚に浸《ひた》っていた。

これまで数々の名作を世に問い、何冊ものミリオンセラーを出してきた著者にとってもこの作品は特別の思いがこもったものだろうと思えた。なぜなら、本作は百田尚樹氏にとって「初めて書いたミステリー小説」だからだ。

単行本発売とほぼ同時に本作を手に取った私は、冒頭から突如としてネット上に現れた謎の「誘拐サイト」という奇想天外な設定に引き込まれてしまった。

〈私たちはある人物を誘拐しました。近日、この人物を使って、〝実験〟を行ないます。これは冗談やいたずらではありません〉

そんな文言とともに、やがては日本中を巻き込む劇場型犯罪の幕が開く。そして、

〈私たちが誘拐したのは以下の人物です〉

と、無精ひげに髪の毛もぼさぼさの六人のホームレスがサイトに登場するのである。

読者は思わず〝どういうこと？〟と首を捻《ひね》るだろう。誘拐事件とは、誘拐される人間

が「価値ある人間」でなければ、そもそも成立しないものだからだ。

誘拐犯罪に伴う金銭取引は、たとえば親子関係や雇用関係など、多額のお金を払っても「取り戻したい存在」でなければ最初から相手にされない。

しかし、著者は誘拐被害者が「ホームレス」という設定から、常識では考えようがない物語に読者を引きずり込んでいく。

最初、これが事件なのか、それともイタズラなのか、何が問題になっていくのか、まったく想像もつかないところから始まっているだけに、読者は頭の整理がつかないまま、ここで一度、立ち止まる。

どうすれば、まったく関係のないホームレスの身代金を要求できるのか。そして、いったい誰に？　どういう条件なら、ホームレスへの身代金を払う人間、あるいは組織が出てくるんだろう、ということである。

この誘拐サイトの最初の発見者となったのは、二十八歳のごく平凡なツイッターが好きな定食屋の店員だ。彼の視点で物語は動き始める。

ツイッター好きの人間は、どこかに世間で注目されたいという願望を持っている。著者は、その心理をコミカルに描きながら、誘拐サイトを世間に注目させていく舞台まわしの役割をこの青年に担《にな》わせている。

犯人とはまったく関係ないのに、犯人に利用までされ、事件に巻き込まれるありさまが面白い。「注目を浴びたい」という現代人の心理が手に取るようにわかるだけに、同情を禁じ得ないのである。

読者自身が青年になり代わって舞台まわしをやっているような錯覚を感じさせるこうした臨場感は、捜査する警察側の刑事など、登場人物それぞれの場面でいかんなく発揮される。

先にこの解説を読んでくれる人もいるので、あらすじを明かすわけにはいかない。その点は、ご容赦いただきたい。

だが、本作の核は、犯人とマスコミとの攻防であることには触れさせていただく。

日本中の注目を浴びるようになった誘拐サイトが身代金を要求した相手は、なんとマスコミだったのだ。それも、日本を代表する新聞社とテレビ局である。

犯人がここに身代金を要求し、絶対に成立するはずのないホームレスの身代金要求が次第にマスコミを追い詰めていくさまが本作の最大の見せ場なのだ。

実生活でテレビの構成作家を長くやってきた著者は、マスコミの舞台裏に特に精通している。マスコミには偏見、欺瞞《ぎまん》、偽善、傲慢さ、建前社会……等々、挙げ出したら両手ではとても足らないぐらいの問題点がある。

著者は、そのマスコミの酷《ひど》さを人間の「命の値段」という題材によって、浮き彫りにしていく。日本中から注目される大事件となっていく中で、ホームレスの身代金は大手メディア四社に要求されるのだ。

・大和テレビ　八億円
・東光新聞　七億円
・ＪＨＫ　三億円
・常日新聞　二億円

身代金を払う義務がまったくないマスコミがなぜ追い詰められていくのか。また、それぞれに要求された身代金の金額がなぜ異なるのか。縁もゆかりもない人質の値段は、どこでどうして決まるのか。

すべてにきちんと意味があることが読み進めるうちにわかってくる。そして、犯人の動機にも引き込まれていく。社会への恨み、メディアが犯してきた罪、それぞれが立体的に描かれるので、読者の共感は大きくなっていくのである。

著者の作品には読者の共感を呼び起こし、人間の素晴らしさと同時に「本性」、さらには「業《ごう》」を見事に浮き彫りにするものが多い。

こういう要素で読者を飽きさせず、怒濤のように大団円に向かって突き進んでいく筆致を得意とする。本作も、その独特の手法は変わらない。

だが、読者は犯罪者の側に立って、炙《あぶ》り出されるマスコミの偽善や建前だけの非人間性、あるいは不正義に対して、犯人と同じ怒りを抱いていることに気がつく。

そして、予想もしない犯人側のやり方に日本を代表するマスコミが翻弄され、右往左往する姿が実に小気味よく、痛快に感じられるのである。

大きな見どころである警察と犯人側との攻防は、まさに手に汗を握るものである。

ページを繰るのがもどかしくなるぐらいの息もつかせぬストーリー展開は、読者に思わず自分が犯人と一緒に行動しているかのような不思議な感覚を味わわせてくれるだろう。

犯人の発する言葉、流される涙、そしてホームレスが辿った人生などが丁寧に描かれる中で、些細なきっかけでホームレスになり得ることが違和感なく飛び込んでくる。著者の目的は、そこにあったのか、と思わず考えてしまう。丁寧でわかりやすい表現ゆえのことである。ホームレスにますます読者が寄り添っていくのも必然だろう。

本作の圧巻は、私は、幼い実の娘を暴行され、殺されたことで家庭が崩壊した男が、事件から二十年も経って、娘の強姦・殺害犯と遭遇してしまう場面だと思う。


「穿いてたパンツは覚えてる。チューリップのマークが入っていた」

〈略〉チューリップは妻がわざわざプリントしたものだった——。

「どうした？　気分が悪くなったたか」

男はおかしそうに訊ねた。

「聞いていて気持ちのいい話じゃないな。もうその話はいいよ」

男は、ひっひっひと笑うと、ベンチを立った。


物語がこの場面に差しかかった時、著者が何を伝えたいのか、少し理解できた読者も多いだろう。肉親を殺された者、特に愛するわが子を殺された者にとって、その後の人生の悲惨さはたとえようもない。

本作には、そうした究極の悲劇を経験した者の〝その後〟が落ちついた筆致で描かれている。ほかにも、人生についてまわる不運や不幸に翻弄される人間が次々と登場する。読者は自らの人生を重ね合わせて登場人物にさまざまな感慨を持ち、また、胸が締めつけられる。そして、いつの間にか犯人の側に立ってしまうという、本来は〝あってはならない〟感情を抱かされることになる。

新聞やテレビ局が持つあり得ない体質を曝《さら》け出した意味でも、そしてそのマスコミがあらゆる意味で正義の鉄槌《てっつい》を受けるありさまは、メディアの奥の奥まで知っている著者でなければ、とても表現することができなかっただろう。

結末はここに書くことはできないが、いずれにせよ読者が抱く爽やかな読後感は、読み終えた読者を暫《しばら》くは身じろぎさせないだろうと思う。

その時、実は「人質」になっていたのは、読者である私たち自身の「良心」であることに気がつくに違いない。

『永遠の0《ゼロ》』や『海賊とよばれた男』など、実在のモデルを小説として描いた著者は、前述のように読者の共感を巨大な渦に巻き込みながら結末へと導く稀有な手法を得意とする。

初のミステリー小説でもその手法は健在で、おそらく読み終わった時に「ああ、いいものを読ませてもらった」と、納得することだろう。

緊張感とスリルに満ちた世界、絶対にあるはずのない犯罪が、世の中の理不尽さゆえに成立してしまう予想もつかないストーリー……是非、多くの方に味わっていただきたい。

私が望むのは、『永遠の0』や『海賊とよばれた男』と同様、映像化されたこの作品を映画館で観ることである。

しかし、本作の映像化には大きな壁が予想される。なぜなら、在京のキー局がドラマや映画にする可能性は極めて低く、新聞社も話題に取り上げないだろう。ワイドショーで紹介されることなどまずあり得ない。この作品を最後まで読まれた方なら、理由は理解できるに違いない。それだけに、余計に映像で観てみたい。

勇気ある映画会社が映像化してくれることを期待して、筆をおかせていただく。

――作家・ジャーナリスト

この作品は二〇二〇年十二月小社より刊行されたものを文庫化にあたり二分冊したものです。

また、この物語はフィクションであり、実在の人物・団体とは一切関係ありません。

幻冬舎文庫

●好評既刊
私以外みんな不潔
能町みね子

北海道から茨城に引っ越した「私」。新しい幼稚園は、うるさくて、トイレに汚い水があって、男の子が肩を押してきて、どこにいても身の危険を感じる場所だった――。か弱くも気高い、五歳の私小説。

●好評既刊
メガバンク起死回生
専務・二瓶正平
波多野　聖

役員初の育休を取得していた二瓶正平。ある日、専務への昇格と融資責任者への大抜擢を告げられる。嫌な予感は当たり、破綻寸前の帝都グループの整理をするハメに……。人気シリーズ第五弾。

●好評既刊
この先には、何がある？
群ようこ

大学卒業後、転職を繰り返して「本の雑誌社」に入社し、物書きになって四十年。思い返せば色々あった。でも、何があっても淡々と正直に書いてきた。自伝的エッセイ。

●好評既刊
4 Unique Girls
特別なあなたへの招待状
山田詠美

あなた自身の言葉で、人生を語る勇気を持って。日々のうつろいの中で気付いたこと、そこから生まれる喜怒哀楽や疑問点を言葉にして〝成熟した大人の女〟を目指す、愛ある独断と偏見67篇!!

●好評既刊
雨に消えた向日葵
吉川英梨

埼玉県で小五女子が失踪した。錯綜する目撃証言、意外な場所で出た私物――。情報は集まるも少女を発見できず、捜査本部は縮小されてしまう。だが捜査員の奈良には諦められない理由があった。

野良犬《のらいぬ》の値段《ねだん》(下)

百田尚樹《ひゃくたなおき》

令和4年5月15日　初版発行

発行人――石原正康
編集人――高部真人
発行所――株式会社幻冬舎
〒151-0051東京都渋谷区千駄ヶ谷4-9-7
電話　03(5411)6222(営業)
　　　03(5411)6211(編集)
振替00120-8-767643
印刷・製本―中央精版印刷株式会社
装丁者――高橋雅之

検印廃止

幻冬舎文庫

ISBN978-4-344-43192-8　C0193　ひ-16-11

幻冬舎ホームページアドレス　https://www.gentosha.co.jp/
この本に関するご意見・ご感想をメールでお寄せいただく場合は、
comment@gentosha.co.jpまで。